AF138995

Nebelmann

Eine Liebe auf Wangerooge

Rudy Namtel

edition compact

FSC
www.fsc.org
MIX
Papier aus ver-
antwortungsvollen
Quellen
Paper from
responsible sources
FSC® C105338

Bibliografische Information der Deutschen Nationalbibliothek:
Die Deutsche Nationalbibliothek verzeichnet diese Publikation in der
Deutschen Nationalbibliografie, detaillierte Daten sind im Internet
über http://dnb.dnb.de abrufbar.

Impressum

© 2012 -2014 All Rights Reserved
Rudy Namtel: *Nebelmann*
ungekürzte »edition compact«
1. Auflage (Nov 2014)
Text: © Rudy Namtel
Bildmaterial: © Rudy Namtel Publishing

Herstellung und Verlag:
BoD - Books on Demand, Norderstedt

ISBN 978-3-7386-0770-3

Tag 1: Ankunft

»Macht drei sechzig.«

Marianna bezahlt, greift das Getränk und das Papptellerchen mit Bockwurst, Brötchen und Papierserviette und geht zu ihrem Fensterplatz.

Das Schwanken der Fähre, die gerade abgelegt hat, stachelt ihre freudige Erwartung an. Endlich wieder Wangerooge! Marianna blickt durch das große Fenster aufs Wattenmeer hinaus. Das Wasser liegt ruhig. Die nur ganz leichten Wellen geben der Welt da draußen das Flair eines großen Spiegels. Noch kann sie von dieser Sitzposition die Insel nicht sehen. Noch liefern die kleinen Windparks am Festland den Augen die Fixpunkte. Wenn sie ihre kleine Mahlzeit gegessen hat, wird sie aber das Oberdeck aufsuchen. Von dort kann man Wangerooge in seiner ganzen Länge bewundern.

Die dumpfen Vibrationen des Schiffsdieselmotors geben den gefühlten Kontrast zur visuellen Ruhe da draußen. Eintönig bollert das Aggregat, das wahrscheinlich direkt unter ihren Füßen irgendwo arbeitet, vor sich hin. Doch irgendwie auch beruhigend. Und gleichzeitig die Unruhe anfeuernd, die man hat, wenn man gerade eine Reise oder einen Reiseabschnitt angetreten hat.

Endlich wieder Wangerooge!

Ein halbes Jahr liegt ihr letzter Besuch im Frühjahr zu Saisonbeginn zurück. Seit damals hat sie ihren Hinnerk nicht mehr gesehen. Was sind schon Telefonate gegen einen Besuch.

Schon bei ihrem ersten Urlaub auf der Insel vor drei Jahren lernte sie den Kellner aus dem Upstalsboom kennen. Hinnerk Harms, drei Jahre älter als sie. Der gutaussehende Blondschopf stammt aus Varel am Ufer des Jadebusens und ist nur im Sommer zum Geldverdienen auf dem Eiland.

»Mensch, Marianna, verknallst dich in einen Saisonarbeiter in einem Touristenort. Das ist ja wie in einen Skilehrer im Winter.« Sie war sich der möglichen Oberflächlichkeit oder Kurzlebigkeit dieser Verbindung klar bewusst. Doch sie ließ sich in ihre Gefühlswelt hineinfallen – voll und ganz. Ihr Herz raste, wenn sie ihn nur sah. Schon nach zwei Tagen verzichtete sie ganz darauf, im Upstalsboom zu speisen oder auch nur einen Drink zu nehmen, wenn Hinnerk Dienst hatte. Allerdings fiel ihr das auch nicht schwer, da jenes Hotelrestaurant, das Gerken, eher nicht ›ihre Kragenweite‹ hatte.

»Hallo Gnädigste?«

Marianna wendet sich um. Der Bootsmann mit dem Sammelschiffchen für die Seenotrettung steht neben ihr.

»Na klar.« Marianna kramt zwei Münzen hervor und wirft sie ein.

»Und, werden wir pünktlich sein?«

»Na, ich glaube nicht. Das Wasser steht trotz Flut sehr niedrig. Da müssen wir langsamer machen als sonst.« Der Bootsmann lächelt freundlich und geht weiter zum nächsten Tisch.

Marianna kennt das schon. Sie wird jetzt zum siebten Male einen Urlaub hier verbringen – Hinnerk sei Dank.

Ihre Beziehung ist allerdings schon von einer recht ungewöhnlichen Art. Sie treffen sich nur hier, obwohl es doch ein Einfaches sein sollte, dass Hinnerk sie in den Wintermonaten einmal besuchen käme. Tut er aber nicht. Er reist nicht gern. Er bleibt im Vareler Umland. Jobbt hier, bleibt hier. Und Marianna zieht es dann auch nicht in den Norden. Sie telefonieren miteinander, tauschen Emails aus. Mehr nicht. Als hielte sie Hinnerk oder ihre eigenen Gefühle auf Abstand. Irgendwie bleibt er doch nur ein Urlaubsflirt – aber ein permanenter. Sie hält ihre Gefühlswelt und auch ihre Zukunftsplanung auf Distanz. Tatsächlich weist sie eine feste Bindung von sich. Warum will sie ihren Hinnerk dann doch hier auf der Insel treffen? – Sie weiß es nicht. Sie will es auch nicht wissen. Sie will ihn nur treffen. Jetzt. Auf »ihrer« Insel.

Marianna wirft die Papierreste ihrer Speise in die Abfalltonne und steigt nach oben. Obwohl sie es von ihrem Fensterblick ja schon wissen sollte, überrascht es sie doch, dass kein Wind ihre Haare zerzaust, als sie das Oberdeck betritt. Kein Lüftchen regt sich. Aus dem kleinen »Schornstein« dröhnt das Motorengeräusch in Auspuffgase verpackt heraus. Marianna hat jetzt einen freien Blick auf die Insel.

Zur Linken markiert das markante Paar aus Westturm und neuem Leuchtturm den Inselwesten, den ‚linken' Rand. Lang zieht sich das flache Inselband nach rechts. Marianna kann noch keine weiteren Einzelheiten erkennen. Sie weiß auch gar nicht mehr, ob sie von hier aus schon den kleinen alten Leuchtturm mitten im Dorf erkennen könnte. Jetzt kann sie es keinesfalls. In dem Bereich, wo sie ihn vermutet, liegt eine kleine Nebelbank über oder vor der Insel. Von dem Dorf ist nichts zu sehen. Doch der Rest des Horizontes ist frei – in strahlendem Blau. Ein perfekter Willkommenstag.

Die Zeit vergeht. Gleich werden sie den Anleger erreichen. Um den Schiffsausgang herum, wo in wenigen Minuten der Ausstiegssteg hinausgeschoben wird, bildet sich eine Menschentraube. Marianna versteht das. Familien oder kleine Gruppen wollen schnell vom Schiff, um sich gute Plätze für die folgenden zwanzig Minuten in den bereitstehenden Zugwaggons zu sichern. Wie gesagt, Marianna versteht dies. Doch als Alleinreisende kennt sie keine Eile. Die kleine Inselbahn wird ja doch erst losfahren, wenn der letzte Passagier eingestiegen ist. Als Einzelreisender ist es ihr egal, wo sie dann sitzt. Alle werden gleichzeitig am Bahnhof Wangerooge ankommen. Also steht Marianna noch auf dem Oberdeck und beobachtet das Anlegemanöver.

»Hinnerk!« Da unten steht Hinnerk! Marianna brüllt aus Leibeskräften. Sie winkt. Sie strahlt vor Freude übers ganze Gesicht. »Hallo, Henni!«

Der Mann am Kai winkt zurück. »Hallo, Marianna! Hallo!«

Damit hat Marianna nicht gerechnet. Man erwartet Ankömmlinge doch erst am Bahnhof. So wie immer. Jetzt ist er hier zum Anleger hinausgekommen.

Als eine der letzten verlässt Marianna das Schiff und fällt ihrem Hinnerk um den Hals.

»Henni!« Ein inniger Kuss in heftiger Umarmung entlädt ihre Aufregung. »Halt mich!«

»Ist das schön, dass du da bist, Mary!«

Für einen kurzen Moment stehen sie so verschlungen da. Dann müssen sie sich eilen, in einen der blau-weißen Waggons zu steigen. Die Gepäck-Container sind schon alle auf die Inselbahn verladen.

Während der Fahrt über die Salzwiesen pendelt Mariannas Blick immer wieder zwischen ihrem Hinnerk und der Wasser-Wiesen-Landschaft da draußen hin und her.

»Schau! Hasen!« Als sähe sie die Tiere hier das erste Mal.

Hinnerk lacht. Er ist so glücklich wie sie.

Nach der erfolgten Gepäckausgabe im Bahnhof folgen sie der Zedeliusstraße in Richtung Dorf-Zentrum. Die Rollen des Koffers rattern über die Pflastersteine der Straße. Vorbei an Edens Fahrradladen und dem gegenüberliegenden alten Leuchtturm, der jetzt das Museum beherbergt. Die Turmspitze verschwindet in den Nebelschwaden und ist kaum zu erkennen.

»Da oben ...« Marianna greift Hinnerks Hand fester. Hinnerk weiß, was sie meint. Oben im Turm wurde das alte Leuchtturmwärter-Zimmer zu einem Trauzimmer umfunktioniert – Romantik pur für alle das Meer liebenden Hochzeitspaare. Marianna erschrickt ein wenig vor sich selbst – an Heirat hat sie noch nie ernsthaft gedacht.

Der Koffer rattert weiter. Dieses Rattern, dessen Echo von den Hauswänden kräftig zurückgeworfen wird, hat auf Marianna etwas ganz besonders beruhigendes. Zum einen verkörpert es das unverrückbare Zeichen, dass sie endlich angekommen ist, zum anderen versprüht es ein Gefühl großer Sicherheit über ihre Liebe. Hinnerk würde niemals Arm in Arm mit ihr unter so einem Getöse durch die Hauptstraße der Insel schlendern, wenn er hier irgendetwas mit einer anderen Frau laufen hätte. So etwas geht hier in Windeseile von Mund zu Mund. Hinnerk ist nur für sie da und für keine andere. Sie umfasst ihn fester.

Da ist der Dorfbrunnen, die Bäckerei, und dort der Kurpark. Marianna verspürt dieses Gefühl von ›wieder zu Hause sein‹, obwohl sie hier niemals ihr Heim hatte.

Durch die Fußgängerzone weiter zur Peterstraße. Marianna hat sich jedes Mal über diese Zone gewundert. Autos gibt es hier ja nicht. Nur die Radfahrer müssen hier absteigen – wenn sie es denn tatsächlich tun. Aber so eine Zone macht schon etwas her.

Nach wenigen Minuten erreichen die beiden Mariannas Quartier nahe der katholischen Kirche.

Das Appartement ist ausreichend groß für eine Belegung durch zwei. Marianna war schon zweimal hier – so gesehen ist sie dann doch ›wieder zu Hause‹.

»Alles wie immer, oder?« Das war mehr ihre Feststellung als eine Frage. Denn Marianna will jetzt keine Konversation führen. Sie wartet auf Hinnerks Zärtlichkeit. Ihr Blick fällt auf das Bett. Umso verwunderter ist sie, als Hinnerk darauf tatsächlich antwortet – und nicht mit einer Floskel.

»Nein, nicht so ganz.«

»Wie?« Marianna erschrickt. Ihre Kehle schnürt sich leicht zusammen. »Ist was – ich meine mit uns?«

Hinnerk schüttelt den Kopf. »Nein, Mary.« Er nimmt sie wieder fest in seine Arme. »Ich liebe dich mehr denn je. - Aber mit dem Klima, dem Wetter, stimmt etwas nicht.«

Marianna ist verwirrt. Sie hat auf der Fahrt hierher nichts, aber auch gar nichts von Klimawandel gespürt. Natürlich kennt sie alles, was allgemein über die globale Veränderung berichtet wird. Aber hier hat sie nichts verspürt.

»Was meinst du?«

»Schau einmal hinaus.«

Marianna weiß, dass sie von ihrem Fenster hier das Meer nicht sehen kann. Denn zwei Häuserreihen stehen noch zwischen ihrer Unterkunft und dem Strand. Aber sie schaut trotzdem.

»Wie immer.«

»Du siehst den Nebel?«

»Klar.« Leichte Nebelschwaden tanzen vor dem Haus. Aber nicht so stark, dass sie nicht hindurch sehen könnte. Sie kann die anderen Häuser gut erkennen. »Und? Ist doch normal.«

»Nein, Mary, dieses Jahr scheinbar nicht.«

Marianna schaut noch einmal hinaus. Aber da ist nichts Ungewöhnliches. Fragend guckt sie zu Hinnerk.

»Kalter Nebel. Das ist ein kalter Nebel.«

Marianna denkt an den Fußweg von eben. Aber ihr war nichts aufgefallen. Klar, sie hatte ihren Anorak angezogen. Aber auf einer Anreise oder Abreise ist das so – was man am Körper trägt, muss man nicht in einer der Hände halten. Ihr ist nicht kalt gewesen. Sie zuckt mit den Schultern.

»Wir haben so etwas hier noch nicht erlebt, Mary. Auch wenn wir beide es gerade nicht spüren konnten –

in den letzten Tagen fühlte es sich dann und wann im Nebel wie im winterlichen Sibirien an. Eiskalt.«

Marianna nahm das ungläubig zur Kenntnis. Kühle im Nebel ist ja normal. Die Sonne hat ja ihre gewohnte Kraft nicht mehr. Aber im Herbst wie in einem arktischen Winter – kaum zu glauben. Hinnerk sieht ihr die Zweifel an.

»Du wirst es erleben, wenn es so bleibt. Wir haben dadurch scheinbar schon einen ersten Toten. Eine ältere Dame, Besucherin wie du, lag vorgestern während eines solchen Nebels eiskalt in der Fußgängerzone, obwohl man sie noch zehn Minuten vorher wohlgelaunt beim Bäcker gesehen hatte. – Die Menschen hier bekommen es richtig mit der Angst zu tun.«

»Okay. Ich werde aufpassen.« Marianna nimmt Hinnerk bei der Hand und zieht ihn in die andere Ecke des Appartements.

»Vergessen wir jetzt den Nebel?«

»Nichts lieber als das. Wir vergessen ...« Hinnerk zieht sie fester an sich. Marianna spürt seine Erektion, als ihr Oberschenkel sich zwischen seine Beine schiebt.

»Du kannst mich einnebeln, wie du willst. Und wenn mir kalt wird – lass dir was einfallen ...« Sie lacht.

Hinnerks Küsse wandern über ihren Oberarm. Sie reißt sich los.

»Ups! Die Vorhänge! Sicher ist sicher.« Schnell hat sie die Stoffbahnen zusammen gezogen. Dann ist sie wieder bei ihrem Hinnerk. Und er bei ihr ...

Tag 2: Jana

Am nächsten Morgen macht Marianna sich zu ihrem ersten ausgedehnten Spaziergang ihres Urlaubs auf.

Ihren gestrigen Abend hat sie gemütlich mit einem Buch in ihrem Appartement verbracht. Hinnerk hatte seinen täglichen abendlichen Dienst. Wenn er spät abends oder mitternächtlich seine Arbeit beendet, begibt er sich in seine kleine Wohnung und steht am folgenden Vormittag irgendwann spät auf. Vor drei Jahren, als sie sich kennen und lieben gelernt hatten, hielten sie das noch anders. Sie verbrachten jede Nacht miteinander. Doch das war für beide letztlich eine belastende Situation. Hinnerk fehlte des Morgens noch eine gesunde Portion Schlaf, und Marianna vermisste die erhoffte Erholung. Sie fühlte sich für ihren Hinnerk verantwortlich. Sie opferte ihren Vormittag und blieb bei ihm, bis er schließlich geduscht hatte und sie ihm ein Frühstück zubereitet hatte. Beide waren damit nicht glücklich.

In Sportschuhen, Leggins und Windbreaker streift Marianna zwischen den Strandkörben hindurch über den Sandstrand nach Westen. Der Himmel ist blau und klar. Schiffe sind deutlich erkennbar. Sie sind nördlich der Insel auf ihrem Weg in die Jadebucht oder – etwas weiter draußen – in die Weserbucht. Oder sie schippern jeweils in die andere Richtung hinaus in die Nordsee.

Leere prägt das Strandbild. Der Touristenstrom des Sommers ist schon lange abgeebbt. Marianna genießt die Ruhe. Hier und da lässt sie sich in einen leeren Strandkorb fallen. Dann schließt sie die Augen und saugt das Rauschen des Wassers und die Frische der Luft in sich auf. In der Ferne weist der neue Leuchtturm ihr den Weg am Strand entlang. Mit den Augen den Sand nahe der Wasserlinie absuchend schlendert sie weiter.

Sie hält aber nicht nach irgendetwas Bestimmtem Ausschau. Sie ist einfach nur offen für die Inselkleinigkeiten: Muscheln, besonderes Strandgut, markante Steine. Wenn sie etwas entdeckt, untersucht sie es genauer. Und wirft es dann weg. Fast immer.

Schon vor dem Leuchtturm macht sie kehrt. Ab hier wird der Strand deutlich schmaler. Flutbefestigungen prägen das Küstenbild. Sie bummelt zurück. Am Cafe Pudding verlässt sie den Strand wieder. Als sie um den ehemaligen Bunker herumkommt, in dem jetzt die schicken Damen ihren Kuchen mit Kaffee genießen, sticht ihr der Nebel in der Fußgängerzone ins Auge. Am Strand hat sie keinerlei Dunstspur gesehen. Aber hier versperrt eine Nebelwand den Blick die Zedeliusstraße hinunter. Eine Wand mit der klar strahlenden Sonne darüber.

Marianna ist hungrig und überlegt, wo sie eine Kleinigkeit essen wird. Vielleicht in der Fischbar? Oder dem Imbissstand beim Metzger? Oder doch ins Hanken? Nein, so viel Hunger hat sie doch nicht, dass sie sich schick in ein Restaurant setzen will. Sie entscheidet sich für den Fisch und taucht in den Nebel ein.

Die Kälte kriecht unter ihre Kleidung. Ihr Windbreaker ist nutzlos. Sie ist viel zu dünn angezogen. Marianna disponiert um, sie will nicht hier draußen essen. Zu kalt, einfach viel zu kalt. Der Betreiber der Fischbar wartet warm eingepackt auf Kundschaft. Es ist aber unübersehbar, dass er tatsächlich überrascht ist, eine Kundin zu sehen.

»Sie sind aber mutig, meine Dame.«

»Nur weil ich eine dünne Jacke anhabe?«

»Ja, deshalb auch.«

Sie bestellt und lässt sie sich ihre Mahlzeit einpacken. Dann eilt sie zurück zur Peterstrasse. Erst in ihrem Appartement kommt die Wohligkeit wieder zurück.

Nach ihrem Mittagessen genießt sie die Wärme der Dusche. Während des Tages ungewöhnlich für sie, doch sie verlangt jetzt nach diesem Wohlgefühl. So einen Kälteschock im Herbst hat sie tatsächlich noch nie erlebt. Sie kann sich keinen Reim darauf machen. Hoffend, das Gefühl der Wärme zu konservieren, schlüpft sie in den Bademantel.

Ein durchdringender Schrei schreckt sie auf! Eiseskälte läuft wieder ihren Rücken hinunter. Der Schrei einer panisch brüllenden Frau! Marianna stürzt zum Fenster und blickt auf die Peterstraße. Eine junge Frau mit einem Kind im Arm stolpert über den Bürgersteig und hastet auf den Hauseingang zu.

»Hilfe!! So helft mir doch!« Das schrille Kreischen hallt von den Hauswänden auf der anderen Straßenseite zurück.

Marianna, noch immer im Bademantel, eilt zur Appartementtür und reißt sie auf. Sie drückt den elektrischen Haustüröffner, doch offensichtlich öffnet die Haustür sich nicht. Stattdessen hört sie nur die Schreie der Frau und ihr heftiges Schlagen gegen die Glastür.

Marianna greift den Schlüssel und rennt die Stufen hinunter. Sie steckt den Schlüssel in das Schloss. Dabei sieht sie durch die Glasscheibe der verzweifelten Frau ins Gesicht. Die weit aufgerissenen Augen und der zum Schrei verzerrte Mund jagen ihr einen markdurchdringenden Schrecken ein.

»Bitte!!«

Marianna reißt die Tür auf. Die Frau fällt mit dem Kind ins Hausinnere. Wie automatisch wirft Marianna die Tür zu, obwohl sie draußen keine Gefahr erkennen kann, nur leichte Nebelschwaden im seichten Luftstrom.

Zupackend hilft sie der zitternden Frau auf.

»Geht es Ihnen gut?«

Sie schaut der anderen ins panische Gesicht.

»Wie geht es Ihrem Kind?«

Der Kleidung und dem Haarschnitt nach zu urteilen muss es ein Junge sein, vielleicht vier oder fünf Jahre alt.

»Wie geht es ihm?«

Der Kleine zittert am ganzen Körper.

»Ist er weg, Mutti?«

»Ja, mein Kleiner, er ist weg.« Die Stimme der Mutter zittert noch immer, hat aber die panische Schrille verloren.

Marianna schaut noch einmal auf die Straße. Ohne die Türe zu öffnen, schweift ihr Blick durch das Glas prüfend nach links und dann nach rechts die Straße entlang. Menschenleer.

»Danke.« Die Frau greift Mariannas Hand. »Danke.«

»Kommen Sie erst einmal mit nach oben. Ich mache uns einen Kaffee, okay?«

Die Frau nickt. Den Jungen noch immer auf dem Arm folgt sie Marianna die zwei Stockwerke hinauf.

Der Duft frisch aufgebrühten Kaffees erfüllt den Raum. Der Junge sitzt auf dem Schoß seiner Mutter und klammert sich mit beiden Armen noch immer fest an sie.

»Magst du ein Stück Schokolade?« Es ist das Erste, was Marianna einfällt. Und wahrscheinlich auch das einzige Passende, was sie greifbar hat. Auf Kinder ist sie nicht eingestellt. Noch nicht. Der Kleine nickt. Marianna knackt die Ritter Sport auf und schiebt sie dem Jungen hin. Dann gießt sie der Frau und sich Kaffee ein und setzt sich.

»Was ist passiert?«

Die Frau zittert noch immer.

»Ich bin Marianna.« Sie hofft, mit dieser Vorstellung die Spannung zu lösen.

»Danke! Nochmals vielen Dank!« Die Frau braucht noch einige Atemzüge, um sich zu beruhigen.

»Ich bin Jana. Und das hier – das ist mein kleiner Max.« Sie nimmt einen Schluck aus der Tasse. »Wir wohnen in der Villa Kunterbunt.«

Marianna zuckt mit den Schultern.

»Muss ich die kennen?«

»Nein. Ist aber gleich hier um die Ecke. Er ...«, sie deutet auf Max, »... und ich machen dort unsere Kur.«

»Hm.« Marianna kann damit nichts anfangen.

Jana lächelt – zum ersten Mal. »Eine Mutter-und-Kind-Kur.«

Marianna nickt – ohne dass sie dadurch wirklich schlauer geworden wäre. Sie ist schon zum siebten Male hier und kennt noch immer nicht alles. Das ist jetzt aber auch egal.

»Was ist auf der Straße passiert?«

Max hat die Worte aufgefangen. »Der Mann ...«

Jana drückt ihn wieder fester an sich. »Es war einfach nur gespenstisch. Plötzlich tauchte ein Mann vor uns auf. Einfach so – aus dem Nichts.« Jana schließt die Augen und herzt ihren Max innig.

»Was wollte er?«

»Ich weiß nicht ... Er war einfach nur da. Aus dem Nichts. Und er streckte seine geöffneten Hände nach uns aus – als wolle er uns packen.«

»Ganz schwarz war der!« Max beteiligt sich aufgeregt.

»Ja, schwarz.« Jana schluckt. »Na ja, nicht der Mann. Sein Gesicht war hell. Er sah aus, wie Männer hier halt so aussehen. Aber seine Kleidung war schwarz. Schwarze Stiefel, langer schwarzer Mantel, schwarzer ...« Jana überlegt.

»Schwarzer ›was‹?«

»Na ja, ein Hut war es nicht. Auch keine Mütze. Ach, ich weiß nicht, wie man das nennt. Mit einer langen, nach hinten gezogenen Krempe.«

»Ein Südwester?«

Jana schaut fragend.

»Na, so eine Kopfbedeckung, wie die Fischer sie tragen?«

»Ja, genau.«

Vor Mariannas Augen formt sich ein Bild. Das Bild eines Seemanns in klassischem Outfit: wasserfeste Stiefel, ein schwarzer Wachsmantel, ein schwarzer Südwester auf dem Kopf. Sie beschreibt das Jana gegenüber mal in ihren eigenen Worten. Jana nickt.

»Sie haben ihn auch gesehen?«

»Nein, Jana, aber Ihre Beschreibung passt nur zu gut. Da ist es nicht schwer für mich, mir sein Bild vorzustellen. – Ach, sollen wir uns nicht duzen, wo wir uns sowieso mit unseren Vornamen ansprechen?«

»Klar.« Jana willigt freudig ein.

»Aber irgendwoher muss er ja gekommen sein.«

»Ich weiß es nicht.«

»Hat der Nebel ihn vorher verdeckt?«

»Bestimmt. Oder auch nicht. Ich weiß es nicht. So dicht war der Nebel ja nicht. Ich konnte schon so zwanzig oder gar dreißig Meter weit schauen. Und er war vorher nicht da. Aber dann – urplötzlich. Aus dem Nebel.« Jana holt tief Luft. Der Schrecken sitzt ihr noch immer in den Gliedern.

Marianna schenkt ihr nochmal Kaffee nach. Jana schaut zum Fenster.

»Ich hasse diesen Nebel.«

»Aber das ist doch nichts ungewöhnliches. Ich habe hier noch keinen Urlaub ohne etwas Nebel erlebt.«

»›Etwas‹ ist ja wohl auch übertrieben.«

»Wieso?«

»Max und ich sind jetzt seit einer Woche hier. Und an jedem Tag – wirklich an jedem – hatten wir diesen Nebel. Nicht irgendeinen Nebel – nein, DIESEN Nebel.«

Marianna schaut auch hinaus.

»Was heißt ›dieser‹ Nebel?«

»Du bist wohl ganz neu hier, wie?«

»Wenn du es neu nennen magst – ja, ich bin gestern erst angekommen. Und?«

»Du hast das hier noch nicht erlebt. Wenn ich es nicht besser wüsste, würde ich dir sagen: ›Geh doch einfach hinaus‹. Aber das kann ich nicht sagen. Das würde ich niemandem raten.«

Marianna schaut wieder hinaus. Nachdenklich. Gestern Hinnerk. Heute Jana. Was ist mit diesem Nebel?

»Der Mann?«, fragt sie Jana.

»Ja. Und nein. Ich habe einfach Angst, wenn der Nebel mich umstreift. WIR haben Angst.« Jana drückt Max fest an sich.

»Etwas anderes als dieser Mann?«

»Ich kann es nicht beschreiben. Ich bin draußen im Nebel – und die Angst packt mich.«

Marianna erkennt, dass sie mit Fragen in dieser Richtung nicht weiter kommt. Sie kann auch keine Phobien anderer Menschen auflösen. Sie will nicht weiter fragen.

»Ihr könnt gerne bleiben, bis der Nebel sich aufgelöst hat.«

»Danke. Und wenn er bleibt?«

»Wenn es dir lieber ist, begleite ich euch gern zu eurer Villa. Okay?«

Jana nickt erleichtert.

Die Frauen und das Kind verbringen einen gemütlichen Nachmittag. Die Anspannung ist schließlich wie weggeflogen. Der Nebel auch.

»Danke, Marianna. Wir machen uns auf.«

»Wirklich alles okay?«

Jana schaut noch einmal prüfend zum Fenster hinaus. Sie kann vom Nebel keine Spur entdecken. »Ich denke, ja. Es ist auch nicht nötig, dass du mitkommst. Aber Danke für dein Angebot.«

Marianna bringt beide hinunter zur Haustür. Sie wollen sich morgen wiedersehen. Dann wird Marianna auch die Villa kennenlernen.

»Also, bis morgen.«

Marianna ist froh, dass sie nicht mitgehen muss. Hinnerk kommt gleich.

*

»Ich weiß nicht, was ich davon halten soll.« Hinnerk hat sich Mariannas Schilderung angehört und ist ratlos. „Von einem ›schwarzen Mann‹ habe ich noch nichts gehört. – Doch soweit ich gehört habe, werden auch andere in diesem Nebel von Angstgefühlen befallen.«

»Wer?«

»Keine Ahnung. Aber seit vier, fünf Tagen machen die Gerüchte ihre Runde.«

»Was für Gerüchte?«

»Na ja, dass es in dem Nebel nicht ganz geheuer ist. Und vor allem sehr kalt. Und dann noch die Tote vor drei Tagen ...« Hinnerk schaut zum Fenster hinaus. »Ach, und die Kirchen sind in den letzten Tagen voller. – Nee, blödes Wort. Hier ist eine Kirche nicht ›voll‹. Dazu gibt es zu wenig gläubige Menschen. Aber es sind deutlich mehr Menschen als die sonst übliche Handvoll, die sich auch ohne Gottesdienst nachmittags in den Gotteshäusern einfinden. Im evangelischen natürlich mehr als im katholischen.«

Marianna stellt sich gerade vor, dass die beiden Pfarrer den Nebel sogar begrüßen. Könnte ja sein. Die Vorstellung amüsiert sie; sie weiß natürlich, dass das Unsinn ist.

»Ich werde es ja noch erleben. Einige Tage bin ich ja noch hier.« Womit sie leicht untertreibt. Marianna erlebt heute gerade ihren zweiten Inseltag. Sie wird noch mehr als zehn Tage hier sein. »Kommst du morgen mit?«

»Wohin?«

»Jana und Max treffen.«

Hinnerk überlegt einen Moment. »Na ja, wenn dir daran liegt.« Wirkliche Lust darauf scheint er keine zu haben. Aber für Marianna ...

»Fein. Und du hast morgen wirklich den ganzen Tag Zeit?«

»Ja.« Hinnerk grinst. »Mein ›Frei‹-Tag. Den ganzen Tag.«

Er nimmt Marianna in den Arm. Küsst behutsam ihren Hals. Streicht zärtlich durch ihr Haar. »Und heute habe ich meinen ›Frei‹-Nachmittag. Den ganzen Nachmittag.« Sanft zieht er sie in die andere Ecke des Zimmers.

»Die Vorhänge ...«

»Komm, pfeif drauf.«

Sie fallen aufs Bett. Draußen ist es noch hell.

Tag 3: Neudeich

Direkt nach dem Mittag des Folgetages holt Hinnerk Marianna ab.

»Du kennst diese Villa Kunterbunt?«

»Na klar. Ich glaube, es gibt hier auf der Insel nichts, was ich nicht kenne. Hier ist alles total überschaubar.«

»Und wie ist diese Villa? Kunterbunt hört sich schon mal gut an.«

»Na, Mary, erwarte mal nicht zu viel. Das ist ein ganz normales Kurheim. Mit einem bei Pippi ausgeliehenen Namen. – Aber ich bin mir gar nicht sicher, dass wir da überhaupt hineinkönnen. Ist halt ein abgeschlossener Kurbereich.«

Die beiden erreichen die Zufahrt zum Flugplatz und biegen links in Richtung Inselosten ab. Nach knapp dreihundert Metern bleibt Hinnerk an einer Toreinfahrt am Ende der Siedlerstraße stehen. Es sieht tatsächlich so aus, als dürften sie hier nicht eintreten. Ist aber auch nicht nötig.

»Hallo, Marianna!« Jana kommt auf der hier beginnenden Straße Zum Osten herangeschlendert, hinter sich einen Bollerwagen ziehend.

»Hallo, Jana! Und hallo, Max!«, ruft Marianna zurück. Max winkt aus dem Wägelchen heraus. Als Jana stehen bleibt, springt er heraus. Die beiden Frauen umarmen sich kurz.

»Und das hier ist Hinnerk.«

Jana schaut den Mann an. Entsetzt weicht sie zurück.

»Mama, der Mann!« Max greift mit aufgerissenen Augen nach der Hand seiner Mutter.

Jana steht kreidebleich und wortlos da. Angsterfüllt starrt sie Hinnerk an.

»Jana, was ist?«

»Mama, der Mann!« Max zittert.

»Was wollt ihr von mir?« Jana hat ihre Stimme wiedergefunden und faucht Marianna an. »Was soll das?« Ihre Stimme färbt sich wieder in dieses durchdringende Kreischen.

»Jana! Beruhige dich!« Marianna will Janas freie Hand greifen.

Jana schreckt zurück. »Rühr mich nicht an! Was soll das?«

»Was – um Himmels Willen?«

»Du ... du wusstest doch gestern schon, wer der schwarze Mann war.« Ihr Blick fixiert nach wie vor Hinnerk.

Hinnerk steht fassungslos zwei Meter abseits. »Könnt ihr beiden mir mal verklickern, was hier abgeht?«

»Mama! Ich will hier weg!« Beim Kleinen rollen Tränen.

Mit ihrem Sohn an der Hand eilt Jana den Wagen ziehend in die Toreinfahrt. Dabei lässt sie Hinnerk nicht aus den Augen.

»Lasst uns in Ruhe!«

»Aber Jana, ...«

Doch Mariannas Einwand verhallt ungehört. Janas eiliger Schritt geht in ein Laufen über. Max hat Mühe, mit ihr Schritt zu halten. Dann sind die beiden verschwunden.

Marianna blickt ihren Hinnerk an. Sie weiß noch nicht, was sie denken soll. Ihr Blick ist zweifelnd.

»Wo warst du gestern kurz nach Mittag?«

»Also ... ist jetzt nicht dein Ernst, oder?«

»Doch. Wo warst du?«

»Ich war in meiner Wohnung.« Hinnerk kommt einen Schritt auf Marianna zu. »Nur weil sie meint ...«

»Sie meint? BEIDE meinen. Und die haben sich nicht abgesprochen. Die reagierten ganz unabhängig voneinander. Die haben dich beide erkannt.«

»Marianna ...«

»Lass mich!« Sie holt tief Luft. Weder weiß sie, was sie jetzt denken soll. Noch weiß sie, was sie jetzt machen soll. Sie schaut ihn an. Sie ist bis ins Mark verunsichert. Hat sie sich doch auf einen ›Skilehrer‹ eingelassen? Dann fasst sie einen Entschluss.

»Lass mich jetzt einfach allein. Und ... ich habe auch keine Lust, jetzt zu reden. Ich ... - ach, tut mir leid! Aber ich möchte jetzt einfach allein sein.«

Sie geht einige Schritte alleine weiter in Richtung Osten. Dann dreht sie sich noch einmal um.

»Zumindest bis heute Abend.«

Sie setzt ihren Weg auf der Straße Zum Osten fort.

Sie ist mit sich selbst unzufrieden. Aber die Reaktion von Mutter und Kind hat sie so sehr getroffen, dass sie jetzt nicht mit Hinnerk reden möchte. Sie will erst klare Gedanken fassen. Es hämmert in ihrem Kopf. Nach knapp hundert Metern, bevor die Straße den leichten Knick nach rechts macht, schaut sie noch einmal zurück. Hinnerk steht noch immer wie angewurzelt da und blickt ihr nach. Dann verschwindet sie hinter der Biegung.

Was hat Hinnerk mit den beiden zu schaffen? Verdammt! Den Nebel ausnutzen, um irgendetwas anzustellen? Aber was?

Marianna ist stinksauer. Sie fühlt sich hintergangen. Der Schrecken, den Hinnerk bei Mutter und Kind hinterließ, lässt keinen Zweifel zu.

Aber ich werde dahinterkommen.

Nach einiger Strecke verlässt sie die Straße und überquert auf einem Holzsteg links die Dünen. Der Wind bläst ihr vom Meer kommend ins Gesicht. Es tut ihr gut. Ihr Inneres kommt herunter. *Cool down!*

Sie folgt dem Strand weiter zum Osten. Hier und da wirft sie einen Stein in die Schaumkronen der Wellen. Es hilft ihr abzureagieren. Aber es hilft ihr nicht, mit ihren Gedanken weiterzukommen.

Macht er irgendein Spielchen auch mit mir? Irgendetwas, das ich nicht will?

Sie verspürt den Drang, wie ein Kind auf Buhnen zu balancieren – aber hier sind gar keine. Hier ist nur Sand oder feines Geröll. Wenn sie balancieren will, muss sie weiter in den Westen. *Dann tobe ich mich eben morgen aus. Morgen ist ein guter Tag.*

Schön, wie schon zehn Minuten direkt am Wasser reichen, um ein inneres Gleichgewicht herzustellen. Marianna genießt es, allein zu sein. *Das könnte ich doch morgen oder die nächsten Tage genauso halten. Ganz allein. Ich wusste ja gar nicht, was mir entgeht. Da kann es mir sogar ein wenig egal sein, was Hinnerk treibt. Treibt er etwas?*

Ein eigenartiger Tatendrang entzündet sein Feuer in ihrem Herzen. Gut gelaunt hüpft sie am Strand entlang.

Bis zur Ostspitze will sie jetzt aber nicht wandern. *Das hebe ich mir für einen der nächsten Tage auf. Dann mache ich einfach ein Picknick an der Bake. Vielleicht kann ich ja Jana überzeugen, dass ich nichts von ihr will. Vielleicht kommt sie mit.*

Vielleicht ...

Marianna überquert wieder die Dünen, um auf der Südseite zurückzugehen. Jetzt hat sie die schon tiefstehende Nachmittagssonne direkt vor sich. Eine herrliche Stimmung. Sie verkneift sich einen Besuch im Cafe Neudeich und beschleunigt ihren Schritt. Sie freut sich jetzt auf eine Dusche und einen gemütlichen Abend allein.

Dunstschwaden ziehen ihre Formen vor der Sonnenscheibe. Kringel und Kreise, auch abstrakte Formen wie Eisblumen an einer Fensterscheibe. Verzückt folgt Marianna diesem Schauspiel vor dem tieforangenen Licht. Die Formen werden größer. Jetzt auch links und rechts von ihr. Schnell verdichten sie sich zu wabernden Nebelwänden – nicht undurchsichtig aber einengend. Kühle zieht in Mariannas Nacken unter ihre Kleidung. Sie ist froh, den Anorak zu tragen. Mit dem Windbreaker hätte sie jetzt sicher das große Zittern.

Trotzdem friert sie jetzt – ganz plötzlich. Sie ist komplett von Nebelwänden umgeben. Die Schwaden tanzen um sie herum. Milchig weiß, hier und da kurzzeitig dunkelgrau. Als nähmen Gestalten Formen an. Dichter und dichter kreisen die Schemen um Marianna. Sie dreht sich einmal um die eigene Achse, um sich umzuschauen. Doch sie sieht nichts außer dem Nebeltanz. Sie ist allein.

Für einen kurzen Augenblick nimmt eine der Formen wieder eine dunkelgraue Schattierung an. Marianna erschrickt. Ein Mensch! Die klar erkennbare Gestalt eines Menschen! In der nächsten Sekunde zerfällt diese Vision wieder und der Schatten verschwindet.

Marianna fühlt sämtliche Härchen ihres Nackens und ihres Rückens. Sie hat Angst – pure Angst! *Was ist das?*

Dann spürt sie krass und unvermittelt, wie sich eine Hand auf ihre Schulter legt. Marianna erschrickt noch mehr. Der Druck ist deutlich zu spüren. Im äußersten Blickwinkel kann sie sogar die Hand sehen. Sie schießt herum. Da steht Hinnerk. Hinnerk! Gott sei Dank! Da steht er - in schwarzen Stiefeln, schwarzem Mantel und schwarzem Südwester! Und im nächsten Augenblick löst sich die Gestalt im Nebel auf und schwebt davon.

»Hilfe!!« Marianna kreischt. Ihre Knie werden weich.

Sie gerät in Panik. Nur weg von hier! Aber wohin?

Das Dorf ist zu weit weg. Zum Cafe! Sie muss versuchen, das Cafe zu erreichen! Die einzige Chance!

Sie spurtet, so gut sie kann, durch die Nebelwand die kurze Strecke zum Cafe zurück. Mit schnellen Links-Rechts-Manövern weicht sie den vor ihr auftauchenden Gestalten aus. Keuchend erreicht sie die Tür. Verschlossen! Sie poltert gegen das Holz.

»Hilfe! Bitte, machen Sie auf!« Sie weiß aber nicht einmal, ob überhaupt jemand da ist. »Hilfe!« Sie schreit hysterisch.

Das Schloss klackert, und die Tür geht auf.

»Kommen Sie herein! Schnell!«

Sie stolpert hinein und hört die Türe zuschlagen.

»Kommen Sie!«

Marianna spürt die stützenden Hände an ihrem Oberarm. Die andere Frau, scheinbar die Servicekraft des Cafes, geleitet sie in den Gästeraum. Zwei Augenpaare erwarten sie. Das ältere Ehepaar beobachtet von einem der Tische aus die Hereinkommenden.

Marianna ist von ihrem Spurt ausgepumpt. Aber nur für kurze Zeit.

»Danke. Sie glauben mir nicht, was passiert ist!«

»Doch, glauben wir.« Die Bedienung nickt verständnisvoll.

»Haben Sie das gesehen?«

»Nein. Was Ihnen widerfahren ist, konnten wir nicht sehen. Aber was Sie uns auch erzählen – wir glauben es.«

Die Alten nicken zustimmend.

»Uns haben sie vor wenigen Minuten hier hinein gejagt.« Die Stimme des Mannes klingt zittrig.

»Wer?«

»Na, die da draußen. Die Nebelgeister.« Durch eine kurze Kopfbewegung deutet er auf eines der Fenster.

»Nein. Der eine«, wirft seine Frau ein.

»Quatsch, Gabi, das waren mindestens fünf oder sechs.«

»Ja, Bert, wenn nicht sogar noch mehr. Aber es war immer derselbe. Immer das gleiche Gesicht.«

»Sie waren also auch im Nebel?« Marianna ist irgendwie froh, nicht allein mit dem Erlebten zu sein.

»Ja. Mittendrin. Ganz plötzlich.«

»Ich habe sie auch gesehen«, pflichtet die Bedienung bei. »Hier durch das Fenster.«

»Und sie sind noch immer da. Schauen Sie!« Die Frau namens Gabi ist nervös und aufgeregt.

Alle vier platzieren sich an einem der Fenster und beobachten das Treiben direkt vor dem Haus. Wild ziehen die Schwaden ihre Kreise. Eine Gestalt erscheint, verschwindet sofort wieder im Milchigen, taucht an anderer Stelle wieder auf.

»Sind wir hier sicher?« Marianna hat ihre Zweifel.

»Ich glaube, ja.« Die Bedienung versucht zu beruhigen. »Wir hatten etwas ähnliches schon vorgestern. Direkt so nah wie jetzt auch. Aber der Nebel, oder was immer das auch ist, blieb draußen. – Wir achteten aber auch peinlich darauf, dass Türen und Fenster fest verschlossen blieben.«

Marianna bewundert die Bedienung ob ihrer Ruhe. *Wahrscheinlich war sie auch nicht da draußen, nicht mittendrin.* Sie schaut wieder hinaus, versucht, Einzelheiten der Gestalten zu erkennen. Ihre Aufregung lässt nach. Tatsächlich beschleicht sie ein Gefühl wie vor einer großen Leinwand. Das Fenster wird zum Kino.

Der Mann macht eine Runde durch den Raum und prüft die Griffe aller Fenster auf festen Sitz.

Marianna beobachtet. Minute um Minute. *Gabi hat Recht!* In manchen Erscheinungen nehmen die Gestalten ein Gesicht an. Und es ist immer das gleiche! Marianna kennt es nur zu gut. Hinnerk! Für einen Moment beschleicht sie der Verdacht, dass das Gehirn ihr einen Streich spielt. Dass vielleicht bei jedem der Anwesenden das Unterbewusstsein ein Bild in die Nebelmenschen projiziert. *Aber was Jana und Max gesehen haben, spricht dagegen!* Sie haben alle drei Hinnerk erkannt, und die beiden anderen kannten ihn zuvor nicht.

»Sehen Sie auch Gesichter?« fragt sie in die Runde.

»Ja.«

»Ja, ich auch. Und ich muss meiner Frau jetzt recht geben.« Der Mann klang fast bedauernd. »Es ist immer das gleiche Gesicht. Das Gesicht eines Mannes. Ganz gleich, durch welches Fenster ich hinausgeschaut habe.«

Marianna schaut die Bedienung an. »Und Sie?«

Die Frau schluckt, ist ein wenig bleich. »Ja, ich auch. Und es kommt mir sehr bekannt vor. – Sieht aus wie Hinnerk Harms aus dem Gerken.«

*

Zwei Stunden später sitzen die vier wider alle Erwartungen noch immer gefangen in dem Cafe. Der Nebel löst sich im Gegensatz zu den Tagen zuvor nicht schon nach wenigen Viertelstunden auf. Die Dämmerung setzt ein.

Marianna greift ihr Handy. *Mist! Kein Empfang.* »Vera, Sie haben hier sicher ein Telefon, oder?«

»Ja. – Aber tut mir leid. Wir haben es schon probiert, als Sie an die Tür schlugen. Die Leitung ist tot.«

Marianna spürt, wie sie innerlich in sich zusammensackt. Es wird dunkler, und sie soll da hindurch zurück ins Dorf? Unmöglich. Nie und nimmer!

»Müssen sie auch zurück ins Dorf?« Vera, die Bedienung, nickt. Die beiden Alten auch. »Wir wohnen in der Villa Sanddorn.«

»Wollen wir uns zu viert trauen?«

Die drei anderen schrecken entsetzt auf. »Keine zehn Pferde kriegen mich da raus.« Vera schüttelt nur erschrocken den Kopf.

»Also bleiben wir alle hier?«

Alle stimmen zu.

»Ich schaue mal, was sich einrichten lässt.« Vera verschwindet in die hinteren Räume. Nach zehn Minuten kommt sie mit einer Bettmatratze zurück. »Oben sind noch zwei. Und draußen steht noch eine Liege.«

»Draußen?«

Vera verzieht den Mund und nickt.

»Will irgendwer sie hereinholen?« Marianna blickt in die Runde. Keiner schreit ›ja‹. »Also, kein Problem. Ich schlafe auch auf dem Boden. Zwei Decken reichen mir.«

Sie ist zu allem bereit – nur nicht zum Hinausgehen.

Die Gemeinschaft richtet sich auf das Nachtlager ein. Vera zaubert in der Küche ein Nudelgericht. Marianna gibt eine Runde Rotwein aus. Der Plan für die Nachtwache wird festgelegt. Keiner möchte die Geister da draußen unbeobachtet toben lassen. Gabi soll die erste Schicht schieben, das ist die einfachste. Es folgt Bert, dann Marianna und schließlich Vera, die sich ja in der

Küche am besten auskennt und ihre Schicht vielleicht schon für einzelne Frühstücksvorbereitungen nutzen könnte. Man kann ja schließlich auch einer Notsituation noch ihre praktischen Seiten abgewinnen – in Grenzen natürlich.

Die Nacht bricht an.

Marianna liegt auf ihrer Schlafstatt. Doch sie macht kein Auge zu. Sie sieht Gabi nervös auf und ab laufen. Der Wind oder was auch immer rüttelt an den Fenstern. In Mariannas Hirn schwirren grässliche Gesichter und vermummte Gestalten herum. Und mittendrin Hinnerk, der ein Feuerschwert schwingt und seine Truppen aufputscht. Ein Feuerring entsteht und kesselt sie ein. Sie rennt im Kreis. Es gibt kein Entrinnen. Sie rennt ... und rennt ... und rennt ... Dann schläft sie doch ein. Doch die Träume plagen sie bis zu ihrer Wache.

Tag 4: Leuchtturm

Vera macht am Morgen ihre Buchführung. Ihr gehört das Cafe nicht. Sie ist hier beschäftigt – aushilfsweise.

»Na, Vera, schon wieder fleißig?« Marianna gibt der Bedienung zur morgendlichen Begrüßung einen freundschaftlichen Klaps auf die Schulter.

»Muss ja, wenn Chef und Chefin auf Kurzurlaub auf dem Festland sind. Die Glücklichen. Haben sie sich aber verdient.«

»Kann ich dir helfen.«

»Nein, ich bin sowieso gleich fertig. Aber in dieser Situation schon blöd, dass ich ganz allein bin. Eigentlich hätte gestern Charly, unser Koch, auch hier sein müssen. Wer weiß, wo der Nebel ihn aufgehalten hatte. – Du, das ist mir jetzt etwas unangenehm. Aber ist das okay, wenn Ihr euren Teil bezahlt?«

»Ja klar. Sonst wäre ja der Wein nicht von mir ausgegeben, oder?« Marianna lacht, als sie wieder zurück in den Gastraum geht. Es geht ihr heute Morgen viel, viel besser. Die Sonne scheint zwar nicht, da leichte Wolken den Himmel in ein zartes Grau tauchen, aber der Nebel ist verschwunden. Dennoch weiß sie, dass sie sich darauf nicht absolut verlassen darf. Sie hat jetzt zweimal hautnah mitbekommen, wie schnell das gespenstische Szenario sich zusammenbrauen kann. Aber zunächst einmal ist von der milchigen Suppe keine Spur zu sehen – und das ist gut so.

»Sag Bescheid, wenn du fertig bist. Hier ist alles klar. Die Matratzen und Decken sind wieder an ihren Plätzen«, ruft sie durch die Tür.

»Wie weit sind Gabi und Bert?«

»Wir sind fertig.«

Vera kommt in den Gästeraum.

»Dann können wir ja ...«

Sie brechen auf. Vera verschließt das Haus. Gemeinsam gehen die vier zum Dorf. Wegen der Sträucher und Bäume auf der Straße Zum Osten und ihrer gestrigen Erlebnisse auf diesem Weg ziehen die vier den weiten Weg um den Flugplatz herum vor. Sich bloß nicht vorstellen müssen, dass sich irgendwelche gespenstischen Formen hinter Gebüschen verstecken. Sie wandern auf dem Deich und haben dabei die ganze Zeit über den Flugplatz hinweg einen freien Blick auf das Dorf. Und immer wieder kreisen ihre Blicke in die Runde, ob an der einen oder anderen Ecke Nebelschwaden zu erkennen seien. Sie wissen, was sie schon beim leichtesten Anzeichen tun würden: die Beine in die Hand nehmen. Doch auch ohne warnende Anzeichen drücken die vier aufs Tempo. Sie wollen so schnell wie möglich wieder zwischen bewohnten Häusern sein.

»Sind die eigentlich gestern geflogen?«

»Ich glaube nicht, Marianna, zumindest nicht mehr am Nachmittag. Ich habe keine Motorengeräusche gehört.«

Marianna denkt an die Macht, die dieser Nebel über die Insel hat. Er kann alles öffentliche Leben und die Verbindung zum Festland ersticken. Wobei sie tatsächlich nicht weiß, ob die Fähren nicht auch bei dichtem Nebel fahren können. Radar haben sie ja. Doch wenn sogar Telefone ausfallen ... Und die Flugzeuge dürften bei diesem gespenstischen Nebel schon erheblichen Probleme bekommen – Blindfluginstrumente hin oder her. *Und dann im Cockpit auf einmal eine dieser Schwadengestalten ...! Oder auf den Oberdecks der Fähren ...!* Marianna muss bei diesen Vorstellungen sogar schmunzeln. Solange sie selbst nicht dabei ist ...

Sie holt ihr Handy hervor. Bingo. Die Versorgung steht wieder. Sie drückt eine Kurzwahl. Nach einer Minute erfolglosen Klingelns lässt sie die Wählversuche sein und steckt das Telefon wieder weg. Sie weiß noch nicht, was sie von Hinnerk halten soll. Aber es will ihr letztlich nicht in den Schädel, dass er für die Ereignisse verantwortlich sein sollte. *Wie soll denn das gehen?* Sie will mit ihm reden. Schnell.

»Marianna, wenn der Mobilfunk wieder funktioniert, kannst du dann bitte die Polizeistation anrufen?«

»Klar. Was soll ich denen sagen? – Ach, warte. Hier. Mach's selbst. Kein Problem.«

»Danke.« Vera wählt die kurze Nummer.

»Hallo? ... Ja. Hier Vera Wilke. Ich arbeite im Cafe Neudeich. Wir hatte da gestern ganz seltsame Erscheinungen ... Wie? Sie wissen? ... Ach, nicht von uns. ... Im Dorf auch. ... Ah, ja. ... Äh ... Das hat irgendetwas mit diesem Hinnerk Harms zu tun. ... Ach, das wissen Sie auch? ... Ja, gern. ... Vier. ... Nein, macht gar nichts. ... Ja, bis dann.« Vera drückt die Ende-Taste.

»Wir sollen, wenn es geht, alle zusammen mal kurz in der Polizeistation vorbeikommen. Zwecks kurzer Berichterstattung. Der wusste schon Bescheid ... Eigenartig.«

»Ist die Station hier auf der Insel?«

»Ja. In der Charlottenstraße.« Vera sieht Mariannas fragenden Blick. »Quasi direkt neben der Fußgängerzone.« Marianna nickt. Damit kann sie etwas anfangen.

»Direkt dahin?«

»Ja, sollen wir?«

Alle nicken.

*

Der Polizeibeamte holt noch einen Stuhl herein. Dann nehmen alle in dem kleinen Besprechungszimmer Platz.

»Dann schießen Sie mal los. Wir versuchen, uns ein Bild von den merkwürdigen Vorkommnissen zu machen.«

Vera legt los. Berichtet alles, was sie gesehen oder von Marianna, Gabi und Bert gehört hat.

»Das ist ganz verworren.« Der Polizist macht sich Notizen und grübelt vor sich hin.

»Was hat denn nun dieser Hinnerk damit zu tun?« Vera fragt ganz ungeduldig.

»Nichts. Soweit ich das beurteilen kann – nichts. Es sei denn, er hat hyper-übernatürliche Kräfte. Aber dafür gibt es keinen Hinweis. Auch wenn die Ereignisse Ihnen etwas anderes suggerieren mögen.«

Vera schaut erstaunt.

»Ja, Frau Wilke, zu dem Zeitpunkt, als Ihnen die Ereignisse gestern bei Neudeich widerfuhren, saß Hinnerk Harms hier bei mir. Auf dem Stuhl, auf dem Sie gerade sitzen.«

»Hier? Warum?«

29

»Wir hatten im Laufe des Tages bereits mehrere Beschwerden wegen solcher Vorkommnisse erhalten. Und zwei Personen waren dabei, die einen Hinnerk eindeutig erkannt hatten, eine weitere wusste sogar seinen Nachnamen. Und so viele Hinnerks mit Nachnamen Harms in dem Alter haben wir hier nicht. Und ich habe mich durchaus sehr lange mit ihm unterhalten. Danach gingen wir noch auf ein Bier in die Kogge. Und während dieser Zeit ist sein Doppelgänger nicht nur Ihnen begegnet. Fünf weiteren Personen ebenso.«

»Hinnerk hat also nichts damit zu tun?« Marianna platzt freudig los.

»So ist es, Frau ...?«

»Ziegler. Marianna Ziegler.«

»Ach, Sie sind das! Sie sind also Hinnerks Freundin! Freut mich, Sie kennenzulernen.«

Vera und das ältere Ehepaar sitzen vor Staunen mit offenen Mündern da. Marianna hatte diesbezüglich gestern nichts durchblicken lassen.

»Herr Wachtmeister, Sie glauben gar nicht, wie glücklich Sie mich machen.« Marianna springt auf. »Kann ich gehen.«

»Natürlich. Jederzeit.«

Marianna wirft Vera und den beiden anderen noch ein schnelles »Wir sehen uns« hin. Dann ist sie schon fast draußen. Sie hält noch einmal inne.

»Und was haben Sie bisher für eine Erklärung für das alles?«

Der Beamte zuckt mit den Schultern. »Keine, Frau Ziegler. Leider keine.«

*

»Tut mir leid, Liebster. Das mit gestern tut mir unendlich leid.« Marianna küsst und liebkost ihren Freund. Hinnerk genießt und hält sie fest im Arm.

»Ist schon okay. Ist okay.« Hinnerk schließt die Augen und hält sie innig. »Ich weiß zwar nicht, was da passiert. Aber ich verstehe die Reaktion der Leute. – Deine auch.« Er drückt ihren Kopf fest an seine Schulter, als wolle er sie nie wieder loslassen.

Der gestrige ›Frei‹-Tag ist natürlich passé. Heute Abend hat Hinnerk wieder Dienst. Aber diesen Nachmittag wollen sie nicht einfach so verstreichen lassen. Einfach im Flair der Inselnatur miteinander laufen, träumen, genießen. Für eine weite Strecke haben sie nicht viel Zeit – zumindest wollen sie keinen Marsch unter irgendeinem Zeitdruck machen. Also wählen sie die kurze Variante. Dort, wo die Inselbahn die Deichanlage des Ortes durchsticht, gehen sie auf dem Deich einige Schritte nach Süden und nehmen dann den kleinen Fußweg zur Rechten durch die Salzwiese zum Watt. An dem kleinen Strand legen sie sich in den Sand.

»Sah der wirklich genauso aus wie ich?«

»Was heißt denn schon ‚genauso‘. Er war ganz anders gekleidet als du. Aber das weißt du ja schon. Und das Gesicht … als ständest du mir in einem extrem dichten Nebel gegenüber. Ganz klar deine Gesichtsform. Aber ob jeder Pickel deiner Haut genauso war oder jede Hautfalte? Ich kann es nicht sagen.«

»Schau mich doch jetzt einfach genau an.« Hinnerk grinst und schiebt sein Gesicht dicht vor das ihre. Marianna schließt die Augen und schüttelt lachend den Kopf. Hinnerk versteht und küsst sie wieder. »Und jetzt?«

»Okay. Überzeugt.«

Mariannas Augen funkeln.

»Vielleicht ein paar Falten mehr als du. Ich weiß nicht. Du scheinst mir jedenfalls die besser Wahl zu sein.« Ihr Arm schlingt sich um seinen Hals.

»Akzeptiert.« Sie küssen sich wieder.

»Ach ja – und du bist weitaus weniger gekühlt.« Sie lachen laut auf. Dann schauen sie Kopf an Kopf aufs Watt.

»Gibt es irgendwen, der dir böse will?«

»Mir fällt keiner ein. Und selbst wenn – wie sollte derjenige denn so etwas bewerkstelligen, Mary?«

»Weiß nicht ... Vielleicht irgendeine Technik?«

»So wie ein Fluxx-Kompensator für Ionisierung der Molekularstruktur basierend auf Feucht-Atomen während der Kondensierungsphase des Nebels bei Vollmond in der Paarungszeit der Watt-Enten?«

»Ach komm, Henni, sei ernst.«

»Bin ich – immer.« Er grinst.

»Bitte!«

»Ja, ja. Das einzige, das ich mir vorstellen kann, ist, dass irgendetwas die Vorstellung der Betroffenen manipuliert. Irgendetwas spielt sich in deren Hirn ab. Wie eine von außen gesteuerte Projektion. Dass sich Moleküle im Nebel zu Gesichtern formen lassen, halte ich für unmöglich.«

Marianna verzieht leicht die Mundwinkel.

»Wenn du meinst ... ? Aber das ist doch genau so ein Quatsch wie jede andere Erklärung.«

»Joo.« Hinnerk grinst.

Marianna schaut an ihm vorbei.

»Ach nee! – Scheiß!« Marianna flucht. »Lass uns gehen.« Das spricht sie noch in aller Ruhe aus, um im nächsten Moment in Hektik zu verfallen. »Es geht wieder los! Komm, schnell!« Sie sieht, wie im Westen Nebelschwaden aufsteigen.

»Komm! Mach schon!« Sie hat ihrem Hinnerk halt eine erschreckende Erfahrung voraus. Hinnerk ist IHM ja noch nicht begegnet. »Mach!«, schreit sie.

Hinnerk sieht die Panik in ihrem Gesicht. Im Aufspringen greift er ihre Hand. Er zieht Marianna über den Fußweg auf den Deich. Sie schauen noch einmal nach

Westen. Sie sehen, wie die Gegend um den neuen Leuchtturm komplett im Nebel liegt und die milchige Walze sich auf den Ort zubewegt. Die Gegend um den Westturm ist dagegen nebelfrei.

Sie laufen, so schnell sie können. Die Walze hat den Ort schon erreicht. Die Bewegung des Nebels ist rasend schnell. Es sieht so aus, als habe die Walze den nördlichen Teil des Dorfes schon überrollt. Sie hasten. In Höhe des Bahnhofs sind sie urplötzlich mir einer von Osten entgegenkommenden Nebelwand konfrontiert. Schnell hat diese die beiden erreicht. Zum ersten Mal erlebt Hinnerk die tanzenden Nebelschwaden. Als wären sie gerade mit der Inselbahn angekommen, fliegen dunkle Schwaden vom Bahnsteig herüber. Marianna und Hinnerk sind gerade in die Zedeliusstraße eingebogen, als die Gestalt sich formt. Marianna erstarrt, als sie verfolgt, was sich vor ihren Augen abspielt. Aug' in Aug' stehen sich Hinnerk und sein Ebenbild gegenüber. Wie ein Ringer breitet der Nebelmann die Arme aus, um Hinnerk zu umschlingen. Marianna schreckt aus ihrer Starre auf, stürmt todesmutig zwischen die beiden, greift Hinnerks Hand und zieht ihn schnell weiter. Die Arme der Gestalt greifen ins Leere.

»Wir müssen irgendwo rein, Hinnerk!«

Edens Fahrradladen scheint geschlossen. Der Leuchtturm! Die Tür steht auf!

»Komm, Henni!«

Marianna zieht den vor Staunen leicht lethargisch wirkenden Hinnerk an der ausgestellten alten Dampflok vorbei zum Leuchtturm. Sie hasten durch die Tür.

»Zuwerfen!«

Beide zerren an der Tür. Aber sie lässt sich nicht bewegen. Die Schwaden dringen ein.

»Lass die Tür! Nach oben! Zum Trauzimmer!«

Sie stürzen die Wendeltreppe hinauf.

›Nur noch 119 Stufen.‹ Marianna weiß nicht, bis wohin der Hinweis auf dem Schild gemeint ist. Sie weiß nur eines: nach oben.

›Nur noch 81 Stufen.‹ Sie schaut zurück. Direkt hinter Hinnerk folgt eine dunkle Nebelschwade den beiden. »Komm! Schneller!«

›Nur noch 44 Stufen.‹ Das Holzschild gibt Hoffnung und Verzweiflung zugleich. Es ist nicht mehr weit bis oben. Gleich haben sie es geschafft! – Aber dann geht es nicht mehr weiter. Dann ist das Ende erreicht!

Marianna blickt wieder zurück. Der Nebelschatten ist nicht mehr direkt hinter ihnen.

»Das Trauzimmer!« Sie greift die Klinke. Abgeschlossen!

Sie blickt wieder zurück. Der Nebel ist nicht da. Sie atmet zum ersten Mal durch. Doch! Der Nebel ist da – aber er ruht direkt unter ihnen. Nein! Doch nicht! Er steigt noch, aber sehr langsam.

»Er kommt nicht weiter!« Arm in Arm steht das Paar und schaut die Treppe hinunter.

»Haben wir es geschafft?«

»Keine Ahnung. – Aber ich glaube, noch nicht. Lass uns ganz nach oben gehen. Mal sehen, wie es draußen aussieht. Hoffentlich steigt er nicht wirklich weiter.«

»Aber bitte, Hinnerk, – in aller Vorsicht, ja? Wäre blöd, wenn er uns oben schon erwartet.« Marianna atmet schwer.

Vorsichtig tasten sie sich die letzten 15 Stufen nach oben. Dann haben sie die Plattform erreicht.

Ein klarer Blick erwartet sie. Durch die dünne Wolkendecke können sie sogar Sonnenstrahlen erhaschen. Sie stehen auf der Plattform des Leuchtturms und schauen sich um. Das Dorf liegt unter einer Nebeldecke. Die ganze Insel ist bedeckt. Nur der Westturm, der neue Leuchtturm und der alte Leuchtturm, auf dem sie gerade stehen, ragen aus dem Weiß heraus. Aber sie stehen nur wenige Meter über der Nebelfläche. Die Turmspitze der nahen Nikolai-Kirche können sie nur mehr erahnen.

Ein Geräusch lässt sie herumfahren. Sie sehen einen Schatten auf der anderen Seite des alten Lampenraumes. Die dunkle Gestalt kommt langsam herum. Hinnerk und Marianna spüren Anspannung bis in die Fingerspitzen.

»Hallo, Hinnerk!«

Es ist Paul, der Museumswärter.

»Mensch, Paule, hast du uns erschreckt!«

»›Euch‹ ist gut ...« Man sieht dem Mann den Schrecken in seinen Augen an. »Aber ich war mir nicht sicher, ob du es auch wirklich bist. Man hört ja so einiges ...«

»Ja, ja. Aber glaub' mir, ich bin lammfromm. - Warst du die ganze Zeit hier oben?«

Paul schüttelt den Kopf. »Ich war ganz normal unten – wie immer. Bis dann diese Gestalten erschienen. Da bin ich dann hier hoch. Die kamen nicht nach.«

Er atmet noch einmal tief durch. Zu dritt lassen sie jetzt die Blicke schweifen. Unter anderen Umständen wäre der Ausdruck ›sie genießen die Aussicht‹ passend. Aber nicht jetzt. Doch es ist ein wenig beruhigend, dass der Nebel nicht mehr steigt.

»Hast du so einen Nebelfluss schon einmal gesehen?«

Paul schüttelt den Kopf.

Unter sich sehen sie ein Naturphänomen. Der Nebel liegt auf der Insel wie ein Fluss. Er ›entspringt‹ im Westen der Insel, aus ihrer Blickrichtung direkt hinter dem neuen Leuchtturm. Dort steigt der Nebel auf, scheinbar aus dem Wasser kommend, falls sie die Entfernungen richtig einschätzen. Von dort ›fließt‹ der Strom an der Küste entlang nach Osten. Die Breite dieses Stromes bedeckt den halben Ort und wandert weiter in den Osten. Irgendwo dort hinten, nördlich der

Bake, macht dieser Strom in einem Rechtsbogen kehrt. Dieser Bogen lässt scheinbar einen Teil des dortigen Strandes unbedeckt – wie das Auge eines Wirbelsturms. Es scheint, als sei dort der einzige Fleck der Insel, der nicht von Nebel bedeckt ist. Zumindest ist dort ein Loch in der Nebelfläche. Der Strom setzt seinen Weg fort – zurück zum Dorf. Der Strom Richtung Osten und der Rückstrom Richtung Westen laufen direkt aneinander vorbei.

Unter welchen punktuellen klimatischen Bedingungen kann denn so etwas geschehen? Marianna fällt nichts ein.

Der Leuchtturm, auf dem sie stehen, steht mitten in diesem Rückstrom. Nein, ›mitten‹ ist nicht richtig. Denn von ihrer Position aus ist der gegenläufige Ost-Strom nur einen Steinwurf entfernt. Die Breite des Rückstroms südlich des Leuchtturms geht aber bis zum Watt – also deutlich weiter. Der Nebel setzt seinen Weg über das Watt, wo sie vor einer halben Stunde noch im Sand lagen, zum Anleger fort. Ab dort beschreibt er einen großen Rechtsbogen, um hinter dem Westturm abrupt kehrt zu machen und wieder zur Inselmitte zurückzufließen. Dann stoppt er und löst sich wie in einem Kamin nach oben in einer kleinen Säule auf – geschätzt einen halben Kilometer westlich von ihnen.

Vereinfacht gesagt: der Nebelfluss kommt aus dem Meer, beschreibt eine nach rechts eindrehende Spirale, die durch die Inselform weit nach Westen und Osten gezogen wird, und löst sich in der Mitte nach oben auf.

Marianna zieht ihr Handy hervor. In jede mögliche Richtung macht sie ein Foto des Phänomens. Schnell sind ein Dutzend Aufnahmen zusammen.

Sie schaut weiter in die Ferne. Es ist frappierend. Nur Wangerooge liegt im Nebel. Im Westen kann sie klar und deutlich Spiekeroog erkennen – nebelfrei. Das Festland ist genauso klar und deutlich zu erkennen. Und im

Nordosten kann sie sogar die Leuchttürme ›Roter Sand‹ und ›Alte Weser‹ ausmachen. Alles ohne Sichtbehinderung.

Der Nebel hat Wangerooge – und *nur* Wangerooge - gefangen.

»Und jetzt?«, fragt Paul.

»Warten. Was sonst. Oder, Marianna?«

Marianna nickt.

Heute kommt Hinnerk ein wenig zu spät zum Arbeitsbeginn. Doch jeder hat dafür Verständnis.

Tag 5: Sturmflut

Als Marianna erwacht, rüttelt und poltert es am Fenster. Erschreckt und durch das Adrenalin bis in die letzte Haarspitze aufgeputscht springt sie aus dem Bett. Vorsichtig zieht sie den Fenstervorhang einige Zentimeter zur Seite und riskiert einen Blick nach draußen.

Ein Stein plumpst ihr vom Herzen. Gott sei Dank, kein Nebel! Doch es stürmt und bläst aus allen Rohren. Sie sieht die extremen Biegungen der Antennenmasten auf den gegenüberliegenden Häusern. Heftig faucht der Sturm frontal gegen ihr Fenster. Es rappelt und rattert ohrenbetäubend. Schön, dass es kein Nebel ist – aber das hier ist auch nicht ohne. So etwas hat Marianna auf dieser Insel noch nicht erlebt.

Es ist noch früh am Morgen. Aber die Nacht ist vorbei. An Weiterschlafen ist bei dem Lärm nicht zu denken. Und jetzt? Duschen, frühstücken, ... und dann? Lesen? Zu laut. In den Westen oder Osten spazieren gehen? Bestimmt nicht!

Vielleicht ins Schwimmbad? Sie greift die Infobroschüre und sucht. Schlechte Wahl. Vormittags geschlossen.

Zu einem Museumsbesuch hat sie keine Lust. Der Turmbesuch gestern reicht ihr erst einmal. Außerdem macht Paul erst um zehn Uhr auf.

Marianna ist ohne Idee. Also steigt sie erst einmal unter die Dusche. Danach wird sie weitersehen ...

Eine Viertelstunde später ist sie schlauer. Sie wird nicht hier frühstücken. Sie hat sich zu einer großen Ausnahme durchgerungen und will den Vormittag – oder zumindest einen Teil davon – mit einem schönen Frühstück im Gerken verbringen. Die haben früh geöffnet. Marianna weiß das. Und natürlich wird Hinnerk nicht da sein. Der hat den ganzen Tag über frei und schläft mit Sicherheit noch.

Der Sturm bläst ihren Kopf auf dem Weg zum Restaurant frei. Die doch eben erst geföhnten Haare sind wieder zerzaust und etwas feucht, als sie am Gerken ankommt. Zu dieser Jahreszeit hat sie dort kein Platzproblem. Sie sucht sich einen Tisch mit direktem Blick auf den Strand.

Sie genießt es, sich schon morgens so verwöhnen zu lassen. Und sie beobachtet das Geschehen draußen. Die Wellen donnern mit großer Wucht an den Strand. Das aufgepeitschte Wasser strömt als feine Gischt und Regen bis hoch an das Restaurant-Fenster. Alles sieht feindlich und ungemütlich aus.

»So einen Sturm hatten wir schon lange nicht mehr.« Die Bedienung hat Mariannas konzentrierten Blick auf das Geschehen mitbekommen.

Marianna schaut sie nur an und nickt.

»Vor einer Woche stürmte es ähnlich, aber nicht ganz so heftig. Achten Sie einmal darauf, aus welcher Richtung es stürmt.«

Marianna ist für die Abwechslung dankbar und versucht, sich einen fachgerechten Eindruck zu bilden.

»Direkt aus der Richtung, denke ich mal.« Dabei zeigt sie nach schräg rechts.

»Stimmt. Nord-Nord-Ost. Eine absolut ungewöhnliche Richtung. Strömung und Wind kommen hier meistens aus dem Westen. Aber heute ... Und vor einer Woche war es genauso. Ungewöhnlich. Selten.«

Gemeinsam schauen die beiden Frauen durch das Fenster. Die Bedienung kann sich diese kleine Pause erlauben, denn im Moment ist außer Marianna nur noch ein einziger Gast hier.

»Wenigstens kein Nebel«, fügt Marianna bei.

»Sie sagen es. Mein Gott, was war hier in den letzten Tagen los. Und der Spuk treibt ein makaberes Spielchen mit einem meiner Kollegen.«

Marianna nickt nur. *Jetzt bitte kein Gespräch über Hinnerk!*

»Aber er lässt schon etwas nach. Achten Sie einfach einmal auf die Wellenhöhen.«

»Was meinen Sie, wie lange tobt er noch?«

»Schwer zu sagen, aber in einer oder zwei Stunden kann es vorbei sein.«

»Ist es okay, wenn ich die Zeit hier verbringe – auch wenn ich nicht laufend etwas ordere?«

»Na klar. Mich stören Sie nicht. Im Gegenteil.«

Marianna nickt dankend. Dann greift sie ihr mitgebrachtes Buch. Und zwischendurch unterbricht sie immer mal wieder das Lesen und verfolgt die Brandung da draußen.

*

Eineinhalb Stunden später kommt die Bedienung unaufgefordert an den Tisch.

»Hallo. Ich nehme an, Sie haben es noch nicht gehört. Woher auch. Der Sturm hat im Osten der Insel mit seiner Flut eine Bombe freigelegt. Hat man eben gefunden. Der Ostteil der Insel ist jetzt gesperrt.«

»Oh, schade. Eigentlich wollte ich heute mal auf ein kleines Picknick zur Bake, wenn der Sturm nachgelassen hat.«

»Kann natürlich sein, dass nur der Strandbereich gesperrt ist und die Südseite frei ist. Aber ich glaube eher nicht. Wahrscheinlich kommen sie nur bis Neudeich.«

»Na, dann heute eben nicht. – Eine Weltkriegsbombe?«

»Vermute ich mal. Wangerooge hat ja eine durchaus kriegerische Vergangenheit. Man hat mir mal erzählt, dass die Engländer in den letzten Kriegstagen einen massiven Bombenangriff auf die Insel gestartet hatten.«

»Man muss hier also aufpassen?«

»Im allgemeinen wohl eher weniger. Das muss heute Nacht schon sehr heftig gewesen sein. Denn die Bombe muss schon tief gelegen haben, sonst hätten die routinemäßigen Suchaktionen sie schon längst aufgespürt. Aber ... kann ich alles nur vermuten. War ja nicht dabei.«

»Na, mal sehen, was man so erfährt. Aber Danke für die Info.«

Marianna wendet sich wieder ihrem Buch zu. Sie kann den Nachmittag jetzt neu planen.

*

»Hast du irgendetwas über die Bombe gehört, Henni?«

Hinnerk nickt.

»Joo. Ein 250-Kilo-Torpedokopf. Ein ganz schöner Hammer.«

»Also keine Fliegerbombe?«

»Nein. Hätte mich dahinten auch eher gewundert. So schlecht zielen die Tommies nicht.«

Also ein Schiffsblindgänger. Aber das ist letztlich auch egal. Wenn das eine oder andere hoch geht, ist der Effekt wohl der gleiche.

»Und? Transportieren sie das Ding jetzt weg.«

Hinnerk lacht. »Oh nee, Mary. Das würde sich keiner trauen. Soweit ich gehört habe, kommt schon im Laufe des Nachmittags ein Kampfmittel-Räumkommando aus Wilhelmshaven, und dann werden sie das Biest entschärfen oder hochjagen. Ich glaube ja eher ›hochjagen‹. Nach den vielen Jahren in der Salzwasserumgebung wird es da wohl nicht mehr viel geben, an dem man entschärfen kann – kann ich mir zumindest nicht vorstellen.«

»Kann man das irgendwie beobachten?«

»Wohl nur mit einem extremen Tele. Ab Höhe Neudeich ist alles gesperrt.«

»Wo ist denn der Fundort genau?«

»Ich bin mir nicht ganz sicher, aber so wie Frank es beschrieben hat ...«

»Wer ist Frank?«

»Du kennst ihn. Das ist mein Kumpel von der Polizei.«

Ja, den kennt sie.

»Also ... das müsste fast an der Nordost-Spitze sein. Und zwar ziemlich genau dort, wo wir vom Turm aus im Osten das Loch in der Nebeldecke gesehen haben.«

Marianna zieht die Augenbrauen hoch. Hinnerk nickt bestätigend.

Tag 6: Krater

Die Nordwest Zeitung veröffentlicht am Folgetag diese Nachricht auf ihrer Internetseite:

»Wangerooge - Eine riesige Sandfontäne schoss um Punkt 18:20 Uhr in den Himmel. Die Explosion riss einen gut sieben Meter tiefen Krater in den Strand. Von dem Torpedokopf aus dem Zweiten Weltkrieg blieb indes nicht viel übrig. Er stellt keine Gefahr mehr dar.

Das Munitionsteil war noch während des gestrigen Sturms von einem Feriengast am Ostende der Insel Wangerooge gefunden worden. Experten des Kampfmittelbeseitigungsdienstes beschlossen, den mit 250 Kilogramm Sprengstoff gefüllten Torpedokopf kontrolliert zu sprengen, da eine Entschärfung nicht möglich war.

Vor der Sprengung hatte die Feuerwehr Wangerooge ab 11 Uhr die Wege im Inselosten gesperrt.

Obwohl ein Sicherheitsradius von 2000 Metern eingerichtet werden musste, lagen keine Gebäude in der Gefahrenzone. Weitere Evakuierungen waren deshalb nicht erforderlich. Kurz vor der Sprengung kreiste noch einmal der Polizeihubschrauber über dem Sperrgebiet. Die Einsatzkräfte wollten sichergehen, dass sich niemand im Inselosten verirrt hatte.

Die von Sprengmeister Heinz Weber geleitete Sprengung verlief planmäßig, es gab keine Schäden. Gegen 19 Uhr konnte Einsatzleiter Harald Spitz von der Freiwilligen Feuerwehr Wangerooge den Strand für die Urlauber wieder freigeben.«

Marianna macht sich sehr früh fertig.

Schade, dass Henni gestern nicht seinen freien Abend hatte. Aber macht nichts. Dann geht Marianna heute Vormittag eben allein los. Diesen Krater will sie sehen.

Eine Dreiviertelstunde später kommt sie an der Ostspitze an. Den Krater ist schon aus der Ferne nicht zu übersehen, denn eine Menschentraube steht um ihn herum. Marianna gesellt sich zu den Neugierigen. Die Stimmen prasseln auf sie ein.

»Unglaublich.«

»Grausig!«

»Hätte ich hier nie und nimmer vermutet!«

»Mord?«

»Glaub' ich nicht.«

»Doch, ich schon!«

Marianna drängelt sich einfach frech vor. »Was gibt es denn?« Sie platzt vor Neugier.

»Ein Toter.«

»Hier aus Wangerooge? Doch durch die Explosion?« Marianna durchzuckt ein Angstblitz. *Hoffentlich niemand, den ich kenne!*

»Nein.« Der Polizist dreht sich um. »Ach, Sie sind es, Frau Ziegler.« Frank reicht ihr sein Handgelenk hin, damit sie beim Händeschütteln nicht seine Handschuh-Flächen anfasst. »Keine Angst, Frau Ziegler. So wie es aussieht, ist das ziemlich sicher niemand, den Sie oder ich kennen.«

Er zeigt mit der Hand in den Krater. Etwa einen Meter oberhalb des Kraterbodens ragen aus der Kraterwand Knochen hervor.

Marianna erschrickt bei dem Anblick.

»Wirklich Menschenknochen?«

»Ja. Das ist aber auch das einzige, das wir sicher wissen. Die Kollegen aus Jever arbeiten noch daran.«

Marianna sieht einen Mann mit Handschuhen und in einem weißen dünnen Overall im Kraterwasser stehend die Knochen freilegen. Eine gleichermaßen gekleidete Frau steht mit einem Fotoapparat daneben.

»Sind die Knochen gestern bei der Sprengung mit freigelegt worden?«

»Nur indirekt. Direkt nach der Sprengung war von ihnen noch nichts zu sehen. Erst heute Morgen machte ein ganz früher Jogger den grausigen Fund. Wahrscheinlich sind in der Nacht Teile der Kraterwand abgebrochen und abgerutscht und haben somit die Knochen teilweise freigelegt.«

»Wie lange liegen die wohl schon da?« Marianna reckt ein wenig den Kopf, um mehr sehen zu können.

Frank zuckt mit den Schultern. »Keine Idee. Mal sehen, was die Kollegen finden. Aber sicher länger als ein paar Wochen.«

Die nächsten fünfzehn Minuten beobachtet Marianna das Geschehen, ohne mit irgendwem ein Wort zu wechseln.

»Kollege Bartel! Wir haben da was.«

Die Polizistin in dem Overall reicht Frank etwas hoch. Frank dreht es in seiner behandschuhten Hand vor und zurück.

»Was ist das, Frau Kollegin?«

»Wahrscheinlich eine Art Amulett. Wir fanden es auf dem Brustkorb zwischen den Rippen eingeklemmt. Die genaue Lage werden Sie später auf dem Foto sehen können.«

Marianna darf einen Blick darauf werfen. Doch sie erkennt zunächst nur ein verrostetes Etwas.

»Ist da etwas eingraviert?«

»Wohl ja.« Frank schaut noch genauer. »Aber wahrscheinlich nicht graviert, sondern geprägt. Das sieht – nicht nur wegen des Rostes - nach einem billigen Blech aus.«

Er dreht es wieder vor und zurück.

»Können Sie es lesen?«

Frank schüttelt den Kopf. »Das sind irgendwelche Buchstaben. Dies hier können Zahlen sein – oder auch nicht. Mal sehen, was wir nach etwas Laborarbeit herausbekommen werden.«

Marianna denkt einen Moment nach. »Vielleicht die Identitätsmarke eines Soldaten?«

Frank schaut sie bewundernd an. »Wow! Da hätte ich ja vielleicht auch selbst drauf kommen können. Respekt!« Er nickt zustimmend.

Marianna ist stolz auf sich. Sie beobachtet das Treiben noch geraume Zeit. Aber es ist abzusehen, dass die Polizei vielleicht noch weit mehr als eine Stunde brauchen wird, um ihre sorgfältige Arbeit abzuschließen. Marianna will nicht mehr warten. Sie will am Nachmittag ihren Henni treffen.

Sie verabschiedet sich von Frank und geht am Strand zurück zum Dorf.

*

»Frank erzählt, dass du heute früh am Krater warst.«

»Ja. War interessant. Dann weißt du von dem oder der Toten?«

»Klar.«

»Erzähl! Wusste er schon mehr?«

»Nein. Der war doch bis Mittag da draußen. Die untersuchen noch.«

»Klar. Ist ja logisch. Hatte halt gehofft ...«

»Und, Mary, was liegt für den Nachmittag an?«

»Weiß nicht. Bin ganz offen.«

Sie kommt ihm ganz nah und küsst sein Ohrläppchen.

»Ich meine ›danach‹, Mary.« Hinnerk grinst.

»Och, du kannst mich ja erst VERführen und dann irgendwo HINführen.«

»Deal!« Hinnerk hält ihr sein anderes Ohrläppchen hin.

*

Zwei Stunden später schlendern sie durch das Dorf.

»Ich würde gern nochmal auf den alten Leuchtturm steigen. Okay?«

»Okay, Henni. Dein Weg sei mein Weg.« Marianna hakt sich bei ihm ein. »Bestimmter Grund?«

»Yep.« Hinnerk nickt. »Du hast dein Handy dabei?«

»Ja.« Marianna ist ein klein wenig erstaunt. »Wir müssen zum Telefonieren aber nicht extra auf den Leuchtturm steigen, oder? Und du hast doch selbst eins. Geht das mit deinem Handy nicht?«

»Nicht so gut wie mit deinem.«

Marianna schaut ihn zweifelnd an.

»Wen willst du überhaupt anrufen?«

»Ich will eine Verbindung zu meinem Doppelgänger aufbauen.«

Marianna ist baff.

Nach zehn Minuten sind sie am Leuchtturm. Paul kommt spontan mit nach oben. Er wird aus der Höhe schon sehen können, wenn Besucher kommen. Ist eh' nicht so viel los.

Das Wetter ist heute klar besser als beim letzten Mal. Blauer Himmel, fast keine Wolken.

»So, und wie willst du deinen Doppelgänger jetzt anrufen?« Marianna fragt absolut ungläubig.

»Gar nicht. Ich habe auch nichts von Anrufen gesagt.«

»Aber ...«

»›Verbindung aufbauen‹ waren meine Worte, stimmt's?«

»Hm, kann sein. Und das heißt?«

»Ich suche nach einer Verbindung zu dieser Erscheinung. Du doch auch oder?«

»Ja klar.«

»Und, was haben wir bis jetzt?«

»Nichts.«

»Och komm, Mary. Welche Mosaiksteinchen haben wir denn bis jetzt?«

»Na ja - der Nebel erscheint plötzlich. Dein Ebenbild kommt nur im Nebel. Mehrfach. Der Nebel kommt nicht in geschlossene Räume. Der kalte Nebel taucht erst seit etwas mehr als einer Woche auf.«

»Stimmt. Ist doch was, oder?«

»Wie man's nimmt. Ja - denn da sind tatsächlich ein paar Steinchen. Und nein - denn ich kann damit nichts anfangen.«

»Na, dann überlege mal, wie oft du bei deiner Aufzählung den Nebel genannt hast.«

»Ja, ... äh, eigentlich habe ich nur vom Nebel gesprochen, oder? Was anderes haben wir ja nicht.«

»Und? Hast du alles genannt, was wir über diesen Nebel wissen?«

»Ja. – Äh, nein!«

Hinnerk hört den Groschen förmlich fallen.

»Du hast recht, Henni! Als wir hier oben waren ...«

»Genau - ... sahen wir den Nebel-Strom. Und?«

»Und du hast gestern schon angedeutet, dass dieser Strom etwas mit der Bombe zu tun haben könnte!«

»Genau! Oder fast.«

»Und du willst jetzt wissen, ob speziell das Loch im Nebel was mit dieser Bombe zu tun hat, stimmt's?«

»Wie ich schon sagte: fast. Aber es stimmt. Ich möchte, dass wir jetzt genau vom gleichen Ausguck wie vorgestern wieder Fotos machen, um sie mit den Nebelfotos zu vergleichen. Ich möchte genau wissen, an welchen Stellen der Insel der Nebelstrom seine markanten Stellen hatte.«

»Und das Loch ist eine davon ...«

»Genau. – Und damit wir die Bilder genauestens miteinander vergleichen können, sollten die heutigen Fotos mit dem gleichen Objektiv gemacht werden, damit wir die absolut gleichen Perspektiven haben.«

»Ich verstehe. Mein Handy ...«

»Genau. Denn ich weiß nicht, mit welcher optischen Abweichung mein Handy oder irgendein anderer Fotoapparat arbeiten würde.«

Marianna verzieht den Mund anerkennend und nickt zustimmend.

»Ich hoffe, du hast vorgestern kein Zoom betätigt, Mary.«

»Bestimmt nicht. Hat das Ding gar nicht.«

»Perfekt.«

Paul versteht kein Wort.

Marianna nimmt ihr Handy und fotografiert in die gleichen Richtungen wie vorgestern – zumindest soweit sie sich noch an die gewählten Perspektiven erinnern kann. Sicherheitshalber macht sie auf Zwischenpositionen zusätzliche Bilder.

»Wir sind durch, Paul.«

»Das war schon alles? Na gut.«

Sie steigen wieder hinunter.

»Heute gehen wir aber zu mir, Mary. Wir brauchen meinen Computer.«

*

»Schau hier!«

Auf dem Monitor sieht Marianna die beiden Fotos direkt nebeneinander. Hinnerk hat die Bilder auf die genau gleiche Größe gezogen, so dass sie jetzt absolut maßstabsgleich sind. Mit der Maßeinteilung eines kleinen Lineals misst er in den Bildern Entfernungen von markanten Punkten. In dem Nebelbild hat er logischerweise nicht so viele solcher Landpunkte. Aber es reicht.

»Du siehst. Das Loch im Nebel ist genau hier.« Dabei zeigt er auf eine Stelle im Bild von heute.

Marianna ist wieder baff.

»Ja, das ist genau die Stelle mit dem Krater!« Marianna schaut ihren Hinnerk an. »Aber was hat der Nebel mit dem Torpedo zu tun?«

»Ich glaube: nichts. Der Torpedokopf ist wahrscheinlich Zufall, reiner Zufall. Ich habe zwar keine Ahnung über das Was oder Wie – aber ich glaube, der Weg zu meinem Doppelgänger führt über den oder die Tote!«

Tag 7: St. Nikolai

Die letzte Nacht war die große Ausnahme. Obwohl Hinnerk ganz normalen Dienst im Gerken hatte, blieb Marianna bei ihm. Sie wartete in seiner Wohnung auf seinen Feierabend, wobei sie dieses Wort bei Hinnerks Arbeitszeiten schon als ziemlichen Hohn empfand. Sie verbrachten die Nacht zusammen. Und jetzt möchte Marianna ihren Henni mit einem Frühstück bemuttern. Alles genauso, wie es seit Jahren nicht mehr sein soll.

Marianna betritt die Bäckerei in der Zedeliusstraße. Wie jeden Morgen ›trifft man sich hier‹.

Marianna kommt an die Reihe. Sie will vier Seelen haben; sie liebt diese Brötchenform, seit sie das erste Mal auf der Insel war. Und sie weiß, Hinnerk mag sie auch.

Sie hat gerade ihre Tüte in Empfang genommen, da stürzt der Warnruf einer Kundin die Menschen in der Bäckerei in Panik.

»Der Nebel! Der Nebel kommt!«

Oh nein!!

Die Menschen drängen sich am Fenster und schauen ängstlich und gleichzeitig neugierig hinaus. Das milchige Einerlei hat sich wohl in kürzester Zeit auf die

Zedeliusstraße gelegt. Das Grün des gegenüberliegenden Parks ist kaum noch zu erkennen.

Ein Mann wirft die Eingangstür zu und überzeugt sich, dass das Schloss auch richtig eingerastet ist.

Dann ist es trotz der vielen Menschen in dem Verkaufsraum mucksmäuschenstill. Man könnte eine Stecknadel fallen hören. Alle blicken starr und gebannt durch die Glasscheibe.

Da! Ein Poltern! Rechts erscheinen die ersten Umrisse einer Gestalt, die aus Richtung des alten Leuchtturmes kommt. Die dickliche Figur wird deutlicher sichtbar. Ratternd zieht sie einen Koffer hinter sich her. Das Rattern schwillt an. Zwei weitere Figuren werden sichtbar.

Die Frau bleibt vor der Bäckerei stehen und starrt entgeistert auf die ängstlichen Gesichter mit den offenen Mündern hinter der Scheibe.

»Iss was? Noch nie eine Frau mit Koffer gesehen? – Oder ist hier ein Zoo?«

»Die Fähre – die Fähre ist gerade angekommen!« Die erste Kundin hat die Sprache wiedergefunden.

Marianna schaut nach links und rechts. Nirgends sind dunkle Schwaden zu entdecken.

Der Mann an der Tür traut sich als erster. Vorsichtig öffnet er die Tür und geht hinaus. Marianna folgt. Sie geht die Stufen hinunter, breitet die Arme erleichtert aus und blickt nach oben. Keine Schwaden! Der erste Nebel ohne dunkle Schwaden seit sie in diesem Herbst auf der Insel ist.

»Mit dem Zoo liegen Sie gar nicht so verkehrt, gute Frau!« Sie stürzt freudig und erleichtert auf die Neuangekommene zu und drückt ihr überschwänglich einen Kuss auf die Wange. »Willkommen auf Wangerooge! Herzlich willkommen!«

Wie ein kleines Kind hüpft sie weiter. Springt vor dem Schuhladen und der Apotheke. Und läuft dann in die Fußgängerzone hinein. *Ich muss zu Henni! Schnell!*

Die dickliche Frau mit dem Koffer schaut ihr fassungslos nach. Sie weiß nicht, ob sie hier richtig ist.

*

»Der Nebel ist wieder normal geworden, Henni! Keine Gestalten mehr!«

Sie fällt ihrem Hinnerk um den Hals.

»Halblang, Mary. Du weißt doch: eine Schwalbe ...«

»Och komm! Freu dich mit!«

»Kann ich nicht. Solange nichts klar ist, ist der Schrecken noch nicht vorbei.«

Marianna sackt ein wenig in sich zusammen. *So ausgebremst zu werden! Unfair!*

»Ja? – Und jetzt?«

»Weitermachen.«

Hinnerk wählt auf dem Handy eine Nummer.

»Hey, Frank! Hier Hinnerk. ... Na, hört sich doch gut an. Schieß mal los!«

Hinnerk hört gespannt zu. Zwischendurch nickt er mal, als könne Frank seine Zustimmung sehen. »Ja klar. Warte mal, ich hole erst was zum Schreiben.« Er geht zu seinem Schreibboard, greift einen Zettel und einen Stift. »Okay.« Hinnerk schreibt irgendetwas mit. »Und Frau oder Mann? Wisst ihr das? ... Na klasse! ... Und Zeitpunkt? ... Deckt sich? ... Super! ... Du, ich danke dir. Ach, weißt du schon irgendwas zur Toten von neulich? ... Ach, Herzinfarkt ... Nein, aber morgen wäre gut. Okay? ... Na klasse! Ciao. Bis morgen.«

Hinnerk legt das Handy weg.

»Das wird, Mary, das wird.«

»Was erzählt er?« Marianna ist gespannt wie der berühmte Flitzebogen.

»Sie haben die Amulett-Inschrift entziffert.« Hinnerk will es spannend machen. »Ich habe es wahrscheinlich nicht ganz richtig mitgeschrieben, aber das hier steht auf dem Anhänger.« Er macht eine deutliche künstlerische Pause und blickt vom Zettel auf. Er schaut Marianna tief in die Augen.

»Na los, Henni, mach schon!«

»Miin leaf Tjark - dann kommt ein Kreuz - 1854 In ivich leafde diin Eske.«

»Und was heißt das?« Marianna möchte ihrem Henni an die Gurgel gehen.

»Gaaanz ruhig.« Hinnerk lächelt aufreizend. »Mein lieber Tjark. Jetzt kommt ein Kreuz, was wohl ›gestorben‹ bedeuten könnte. Also nochmal: Mein lieber Tjark – oder vielleicht auch meinem lieben Tjark -, gestorben 1854, in ewiger Liebe deine Eske.«

Marianna sitzt mit offenem Mund da. »Hilft das?« Sie denkt einige Sekunden nach. Sie kombiniert. »Na klar. Die Frau trug die Kette zur Erinnerung an ihren Mann oder Freund.«

»Fast. Aber die Begutachtung des Skelett-Beckens ergab, dass es sich um einen Toten und nicht eine Tote handelt.«

Marianna schaut enttäuscht. »Also anders. – Aber das macht doch keinen Sinn!«

»Warum?«

»Ja wieso läuft ein Mann mit einem Halsband herum, auf dem eine Frau einem anderen Mann nachtrauert?«

»Ach Mary, wieso denn einem *anderen* Mann?«

»Jetzt willst du mich aber auf den Arm nehmen, oder? Wenn er selbst gemeint war, kann er ja wohl nicht mehr herumlaufen – oder?«

Hinnerk fällt die Kinnlade herunter. Frauen haben manchmal doch die bessere Logik.

Krampfhaft martert er sein Hirn. Er hatte sich das so schön zurechtkombiniert. Aber so ganz überzeugend kommt er nicht weiter.

»Und jetzt, Mary?«

»Lass uns einfach noch einmal zusammentragen. Wir wissen nicht, was der Mann mit diesem Amulett zu tun hat. Außer ...« Marianna stutzt. »Außer natürlich, der Mann kommt da hinten irgendwie ums Leben, und die Frau lässt schnell noch ein Andenken prägen, um es ihm um den Hals zu hängen.«

»So'n Quatsch!«

»Genau.« Marianna lacht. »Also weiter: Auf dem Amulett steht etwas von einer Eske, die ihrem Tjark nachtrauert, der 1854 gestorben ist. Können wir damit etwas anfangen?«

»Wahrscheinlich mehr als mit der Verbindung zwischen dem Toten und dem Amulett. Wenn der Tote eine ›sie‹ wäre, wäre alles etwas einfacher.«

»Aber wir haben schon einmal etwas. Kommen wir damit weiter?«

»Probieren wir es einfach.«

*

Sie sind froh, dass der Inselpastor sofort einwilligte.

»Treten Sie ein!« Freundlich begrüßt Pastor Eiligmann seine Gäste. »Sie kennen unsere Kirche?«

»Nein.« Marianna antwortet wahrheitsgemäß. Sie ahnt natürlich, was kommen wird, aber sie will es nicht unbedingt vermeiden. Sie findet, dass der Pastor irgendwie ein Recht darauf hat.

»Dann kommen Sie! Ich hoffe, sie haben die Zeit.«

Hinnerk will etwas einwenden, doch Marianna rammt ihm ihren Ellbogen in die Seite.

»Natürlich haben wir die Zeit, Herr Pastor.«

Pastor Eiligmann führt die beiden in das Kirchenschiff.

»Unser ganzer Stolz sind die Kirchenfenster.«

Marianna schaut hoch in die Fensterrunde. Sie ist wirklich beeindruckt. Die Komposition jedes einzelnen Fensters strahlt Klarheit und Offenheit aus. Hier wurde nicht versucht, mit Farben Pomp zu erzeugen, sondern Licht und die klare Vermittlung der Szenen aus den Evangelien stehen hier im Mittelpunkt. Marianna liebt Klarheit. Sie mag diese Fenster.

»Alles Werke des leider bereits verstorbenen Delmenhorster Malers Hermann Oetken.« Stolz schwingt in Eiligmanns Stimme mit.

»Toll! Ich bin wirklich beeindruckt.«

Hinnerk weiß nicht, was er von Mariannas Äußerung halten soll.

»Haben Sie eigentlich eine Idee davon, wie oft die Nikolai-Kirche entstanden und gewandert ist?«

»Nein.« Marianna kann mit des Pastors Frage tatsächlich nichts anfangen.

»Die erste Kirche auf der Insel stand über 250 Jahre, bis sie einstürzte. Dann wurde Ende des 16. Jahrhunderts die nächste Nikolai-Kirche als Westturm gebaut.«

»Der Westturm da hinter dem Anleger war eine Kirche?«

»Nein, meine Dame, der Westturm, den Sie heute kennen, war es nicht. Der entstand erst in den dreißiger Jahren des letzten Jahrhunderts. Er ist sozusagen ein Nachbau. Er war nie eine Kirche. Der originale Westturm entstand direkt nach dem Einsturz der ersten Kirche. Er war gleichzeitig Kirche und Seezeichen – Leuchtturm würde man heute sagen. Nach der großen Flut am Jahreswechsel 1854/55 war er aber als Kirche nicht mehr nutzbar. So entstand hier an dieser Stelle erst eine Kapelle und dann Anfang des 20. Jahrhunderts diese Kirchenbau.«

Marianna ist beeindruckt. Hinnerk eher gelangweilt.

»Können wir ...«

Marianna rammt ihm wieder ihre Knochen in die seinen.

»Ich find's toll!«

»Das freut mich. – Aber deswegen sind Sie ja nicht gekommen, wenn ich Ihr Telefonat richtig verstanden habe. Wie kann ich Ihnen helfen?«

»Sie haben uns ja schon am Telefon gesagt, dass Sie alle Kirchenbücher noch verfügbar haben.«

»Bis auf wenige Lücken - ja.«

»Ja, bis auf wenige Lücken ...« Marianna wiederholt wie in Gedanken seine Worte. »Wir sind auf der Suche nach einem Paar, wahrscheinlich einem Ehepaar, von dem der Mann mit Namen Tjark im Jahre 1854 starb und die Frau mit Namen Eske ihn überlebte.«

»Na, das sollte aber nicht so schwer sein, wenn die beiden hier auf Wangerooge lebten.«

»Tja«, Marianna wiederholt die Worte langsam, »wenn die beiden auf Wangerooge lebten.« In einer ihrer Hände drückt sie ihren Daumen.

Pastor Eiligmann sucht ein großes, altes Buch in einem schon ziemlich verschlissenen Einband aus einem Regal des Archivs.

»Hier haben wir ... 1854 ... Ja, und hier ...« Sein Zeigefinger fährt auf der Seite herunter. »Hier! Hier gibt es einen Tjark. Gestorben am 14. August nach schwerer Krankheit. Seine Frau heißt tatsächlich Eske. Tjark und Eske Harms. Hier.«

Hinnerk fällt die Kinnlade runter.

»Herr Harms wurde am 17. August auf dem Friedhof bestattet. Hilft Ihnen das?«

Marianna und Hinnerk sind gleichermaßen sprachlos. Mit vielem haben sie vielleicht gerechnet. Aber nicht mit - Harms!

Sie schauen sich an. Immer noch ohne Worte.

»Äh, war es nicht das, was Sie suchten?«

»Doch, Herr Pastor. Doch. Sie haben uns wahrscheinlich mehr geholfen, als wir es zu hoffen wagten.« Marianna ist die erste von den beiden, die die Stimme wiederfindet.

Hinnerk nickt ihr kurz zu. Er will offensichtlich aufbrechen. Er hat keine Fragen mehr, sondern etwas zu verdauen. Marianna nickt kurz zurück. Sie stehen auf.

»Vielen Dank, Herr Pastor.« Hinnerk schüttelt Herrn Eiligmanns Hand.

Marianna fällt doch noch etwas ein. »Ach, Herr Pastor, eine Frage haben wir vielleicht doch noch.«

»Nur zu.« Eiligmann lächelt verständnisvoll.

»Können Sie auch sagen, wann Frau Harms gestorben ist?«

»Wenn sie hier auf der Insel starb, sicherlich. Wann ungefähr?«

»Wir haben keine Idee. Wir wissen ja nicht einmal, ob sie hier starb.«

»Dann kann es etwas dauern. Aber ich will Ihnen gerne helfen. - Ich werde mir heute Abend bei einem Gläschen Wein die Bücher einmal vornehmen. Vielleicht finde ich ja etwas.«

Marianna hält ihm schon die Hand hin, da schießt ihr doch noch eine Frage durch den Kopf. »Ach, Herr Pastor, gab es im Osten einen Friedhof?«

»Im Osten? Nein. Nie.«

»Danke, Herr Pastor.« Jetzt schüttelt auch Marianna ihm die Hand.

Stumm, wortlos und gedankenversunken gehen sie durch das Dorf zurück.

*

»War dir klar, dass du hier auf der Insel Verwandte hast oder hattest?«

»Nicht die Bohne! Aber es ist ja auch noch nicht klar, dass da tatsächlich irgendein Verwandtschaftsverhältnis vorliegt. Du bist ja auch nicht mit jedem Ziegler in Deutschland verwand, oder?«

»Nein, das stimmt. - Aber im Augenblick sehen wir doch ein paar Zufälle zu viel, oder?«

»Was meinst du?«

»Na ja. In einem obskuren Nebel taucht immer wieder ein fast Fleisch gewordenes Bildnis von dir auf. Und genau dieser Nebel hat eine Verbindung zu einem Toten, der ein Amulett mit Namen von Personen trägt, die mit Nachnamen genauso heißen wie du. - Diese Verbindungskette zwischen deinem Aussehen und der Namensgleichheit ist für einen Zufall ein bisschen zu dick.«

Hinnerk reibt sich das Kinn. Marianna liegt sicher nicht ganz falsch.

»Und? Was schließen wir daraus?«

»Weiß nicht. Vielleicht einfach, dass doch ein Verwandtschaftsverhältnis vorliegt?«

»Hm. – Und doch erschließt sich mir die Logik nicht. Nicht, solange wir keine Idee haben, wer denn dieser Tote ist und warum er das Amulett hat. Tjark ist es offensichtlich nicht.«

»Könnte der Tote eine Art Grabräuber gewesen sein? Obwohl – das Amulett stellte ja nun wirklich keinen Wert dar.«

»Nein. Aber du hast natürlich recht. Doch er müsste dann schon relativ kurz nach dem Tode von Tjark das Grab geschändet haben, denn Frank bestätigte, dass der Tote tatsächlich um 1854 gestorben sein könnte. Ganz genau können die das allerdings nicht bestimmen.«

Marianna geht im Zimmer auf und ab. Man sieht ihr an, dass sie etwas in ihrem Hirn wälzt. Und dieses etwas scheint ihr zum Greifen nah.

»Was gibt es denn für Aufzeichnungen aus der Zeit. Ich meine, außer Kirchenbüchern, in denen doch nur Geburten, Eheschließungen und Todesfälle stehen?«

»Keine Ahnung. Aber – wir könnten ja unseren Museumsboss mal fragen. Wenn einer so etwas weiß, dann wohl er. Oder er kennt jemanden, der jemanden kennt, der ...«

»Och komm, Henni, bleib ernst. Ruf ihn mal an. Vielleicht hat er ja morgen Vormittag Zeit.«

»Du bist lustig! Natürlich hat der Zeit. Er öffnet jeden Tag um zehn Uhr den Turm. Ab dann ist er da. – Aber habe ich Zeit? Mensch! Das heißt doch wieder ›früh aufstehen‹!«

Marianna legt den Kopf ein wenig schief und guckt wie ein Hund.

»Ja, Mary, ist okay. Ich ruf an.«

Das Telefonat ist schnell erledigt. Paul wird da sein.

Tag 8: Landkarte

Um halb elf stehen die beiden am nächsten Tag im Eingang des alten Leuchtturms.

»Hallo, Ihr beiden. Schön euch zu sehen.« Paul wendet sich jetzt nur an Hinnerk. »Ist ja schon lustig. Erst sehen wir uns wochenlang nicht, und jetzt schon das dritte Mal innerhalb einer Woche.« Er grinst.

»Hast schon recht, Paul.« Hinnerk grinst zurück.

»Womit kann ich Euch zwei Hübschen denn helfen?«

»Wir brauchen geschichtlichen Rat. Gibt es irgendwelche Aufzeichnungen über Wangerooge, die über die Kirchenbücher hinausgehen.«

Paul zuckt mit den Schultern. »Vielleicht. Aber so richtige systematische Aufzeichnungen sind mir nicht bekannt.«

»Das hatten wir schon befürchtet.«

»Aber es gibt mal hier was. Mal da was. So stückchenweise. Zum Teil auch hier im Museum.«

»Super. Genau das haben wir gehofft.«

»Na, seht Ihr. Bei mir seid Ihr genau richtig.« Er zwinkert Marianna mit einem Auge zu und lacht.

»Kommt, gehen wir erst einmal einen Stock höher. Da haben wir sicherlich einiges liegen.«

Paul geht voran. Die Tür unten lässt er einfach offenstehen. Wenn jemand kommt, wird er es schon hören.

»So, da sind wir. Dann schießt mal los.«

»Du hast ja mitbekommen, dass man im Osten tief im Sand eine Leiche gefunden hat.«

»Jou.«

»Und dieser Tote trug etwas bei sich, das etwas mit einem Mann zu tun hat, der 1854 hier auf Wangerooge begraben wurde.«

»Jou.«

»Und jetzt möchten wir wissen, was es über diese Zeit niedergeschrieben gibt, speziell über diesen Tjark Harms oder seine Frau Eske? So vielleicht über den Zeitraum 1845 bis 1855. Oder – selbst daran haben wir gedacht – gab es einmal so etwas wie Grabschändungen um 1855, vielleicht sogar einen Prozess?«

»Uijuijui, eine ganze Menge wollt ihr da aber wissen.« Paul schaut Hinnerk sehr skeptisch an. »Ich fürchte nur, was diese zehn Jahre angeht, da habt Ihr relativ schlechte Karten.«

»Warum?«

»Wegen dieser großen Sturmflut achtzehnvierundfünfzig-fünfundfünfzig.«

»Der Pastor erwähnte sie schon. Was war da genau?«, fragt Marianna.

»Ja, Mädchen, dass du das nicht weißt, kann ich ja verstehen. Aber du, Hinnerk ...!?«

Hinnerk zuckt nur mit den Schultern Damit kann er gar nichts anfangen.

»Also, da ging hier vieles durcheinander und unter. Vieles ist vernichtet worden.«

»Dann schildere mal genauer.«

»Um den Jahreswechsel 1854/55 brach eine große Sturmflut über Wangerooge herein. Die Insel wurde quasi in drei Teile gerissen. Und das Schlimmste: das Dorf Wangerooge hörte praktisch auf zu existieren. Man schlug sich zwar noch einige Zeit durch, aber das war der Anfang vom Ende.«

»Verstehe ich nicht, Paul. Das Dorf ist doch da.«

»Nein, Marianna, was du heute siehst ist ein ganz anderes Dorf. Kommt mal mit!«

Paul führt die beiden zu einer Landkarte, die unter Glas in einem Rahmen an der Wand hängt.

»Hier seht Ihr eine Landkarte von der Insel aus dem Jahre 1922. Ihr erkennt, dass die Inselform ziemlich so ist, wie wir sie heute kennen. Aber auch nur ›ziemlich‹. Zum Beispiel hier, wo heute der Schiffsanleger ist, war damals nur Wasser. Die Landzunge, die heute durch die Harlehörndüne hier geschützt wird, war damals samt Düne noch nicht da. Leider kann man auf dieser Karte nicht sehen, wie es im heutigen Osten aussah, weil sie hier direkt östlich des Dorfes schon aufhört. Aber glaubt mir, so groß wie heute war die Insel im Osten damals nicht.«

»Das hat sich wirklich stark verändert.« Marianna ist sehr überrascht. Das hat sie sich so nicht vorgestellt.

»Die Insel macht über die Jahrzehnte eine sehr starke Bewegung nach Osten und auch ein wenig nach Süden. Im Westen wird abgetragen und im Osten landet der Sand dann an.«

Marianna und Hinnerk können das auf der Karte gut nachvollziehen.

»Und jetzt schaut einmal hier oben.« Paul zeigt auf den Nordwesten der Insel.

Marianna liest laut den Text, auf den Paul zeigt. »Wangerooge 1843. Und nur mit einem ›o‹?«

»Ja, das auch. Mal nur ein ›o‹. Mal mit zweien. Dann wieder ohne ›e‹ am Ende. – Aber das ist nicht so wichtig, oder?«

»Nein. Aber der Ort Wangerooge von 1843 liegt im Meer!«

»So ist es. Hier sind auch diejenigen Inselteile und vor allem Häuser eingezeichnet, die zwischen 1843 und 1922 im Meer versunken sind.«

»Und das alte Wangerooge ist komplett versunken!«

»Ja. Und das meiste davon passierte eben an jenem Jahreswechsel 1854/55. Das Wasser war nicht mehr aufzuhalten. Die Bewohner bauten ab, was noch zu retten war. Viele, aber nicht die meisten, zogen hierher.« Dabei zeigt Paul auf den heutigen Ort Wangerooge. »Und nicht nur mit ihren Häusern. Die mussten auch ihre Toten mitnehmen – soweit sie sie noch finden konnten.«

»Was heißt *das* denn?«

»Nun, die Sturmflut war so stark, dass sie die Toten aus ihren Gräbern heraus spülte. Soweit ich weiß, hatten die Menschen dann siebenundzwanzig Leichen dem Meer wieder entrissen und auf dem neuen Friedhof begraben.«

»Und die anderen?«

Paul zuckt mit den Schultern. »Ich glaube, keiner weiß, wie viele ins Meer gespült wurden.«

»Und die Lebenden? Gab es durch die Flut neue Tote?«

»Nein. Das ist gesichert überliefert. Alle haben überlebt.«

»Also auch Eske, wenn sie da noch lebte.« Hinnerk wirft diese Worte Marianna zu. Sie nickt. Dann ändert sich ihr Blick. Ihr geht etwas auf.

»Henni, wir brauchen keinen Grabräuber suchen. Obwohl es ja tatsächlich eine Grabschändung gab.«

»Was?«

»Wir wissen jetzt, wer der Tote ist.«

Jetzt dämmert es auch Hinnerk.

»Tjark! Er ist es doch!«

Jetzt steht Paul ein wenig auf der Leitung. »Wieso?«

»Ja, Paulemann, die Flut hat Tjark aus seinem Grab gespült. Und die Lebenden haben ihn nicht mehr gefunden.«

»Und dann wurde seine Leiche im Osten angespült und wahrscheinlich durch die Macht des Sturmes gleich mit Sand zugedeckt«, fügt Marianna hinzu.

»Sein Grab für die folgenden mehr als einhundertundfünfzig Jahre. Und jedes Jahrzehnt kam ein halber Meter Sand obendrauf.« Hinnerk spricht ganz leise.

Pauls Groschen ist gefallen. »Und jetzt ...«

»Genau, Paule, jetzt haben die beiden ungewöhnlichen Sturmfluten der letzten beiden Wochen – beide nicht zu stark, aber beide aus einer absolut untypischen Richtung – den Sand da hinten weit abgetragen. Schon die erste weckte seinen Geist. Die Bombensprengung erledigte den Rest. - Tjark ist komplett wieder da.«

Es gibt zwar nichts zu feiern, doch Marianna und Hinnerk klatschen sich freudig ab. Sie habe es gefunden!

»Jetzt verstehe ich auch das Wandern der Kirche, von dem der Pastor gestern erzählte. Sag mal, Paul, wo stand die erste Nikolai-Kirche?«

»Hier, Marianna.« Paul zeigt auf einen Punkt links außerhalb der Landkarte.

»Und die zweite?«

»Das war der alte Westturm – hier.« Er zeigt auf den linken Landkartenrand.

»Also beide weit im heutigen Wasser.« Marianna ist noch stärker beeindruckt. *Wie kann eine Insel so stark wandern? Unglaublich!*

»Oh Mann, jetzt sind wir deutlich weiter, oder Henni?«

»Sind wir.« Hinnerk atmet einmal tief durch. Er lässt noch einmal durch seinen Kopf rauschen, was Paul gerade erzählt hat.

»Paul, du sagst, dass nur ein Teil der Bevölkerung hierher ins neue Wangerooge umgezogen ist. Sind die anderen im Westen geblieben? Wenn ja, wo denn da?«

»Nein, die blieben nicht hier. Zwei Drittel der Bevölkerung gingen auf das Festland. Das war hier fast das Ende der bewohnten Insel. Wäre es nach den Behörden gegangen, dann hätten alle Bewohner die Insel verlassen. Die meisten wurden in eine neue Siedlung am Vareler Hafen umgesiedelt. Nach Neu-Wangerooge. – Sag mal, wo bist du nochmal her, Hinnerk?«

Paul lacht spitzbübisch. Er weiß, dass er jetzt als erster geschaltet hat. Auch wenn er gar nicht alle Gedankengänge und Beweggründe seiner Gegenüber kennt.

»Neu-Wangerooge! ... Ich bin ein Depp! Das ist gleich bei uns zu Hause um die Ecke. Einen oder zwei Kilometer entfernt. Mehr nicht.«

»Und«, fragt Paul neugierig, »was heißt das jetzt?«

Hinnerk schaut Paul an, dann fragend seine Mary. »Das frage ich mich auch.«

*

Sie klingeln. Und sie haben Glück. Die Tür wird geöffnet.

»Guten Tag, Herr Pastor. Entschuldigen Sie bitte, dass wir Sie schon wieder stören.«

»Aber mitnichten, meine Kinder.« Da ist wieder dieser verständnisvolle Blick Eiligmanns. »Kommen Sie herein. Ich wollte Sie eh anrufen. Aber leider habe ich Ihre Telefonnummern nicht.«

Er führt die beiden wieder in sein Arbeitszimmer.

»Was gibt es?«

»Also, was uns gestern noch nicht so wichtig schien, hat jetzt für uns eine besondere Bedeutung bekommen. Aber Sie sagten, Sie wollten uns anrufen?«

»Nun, meine Kinder, mir scheint, dass wir alle über das Gleiche sprechen wollen. Über Eske.«

»Genau! Deswegen sind wir hier! Sie ... sie ist nicht hier gestorben, stimmt's?« Hoffnungsvoll schauen Marianna und Hinnerk den Inselpastor an.

»Hoppla! Damit habe ich nun gar nicht gerechnet.«

Eiligmann ist tatsächlich erstaunt. Er sieht die Hoffnung in den Augen der beiden, als sie die Frage stellen. Damit hat er wirklich nicht gerechnet.

»Sie scheinen zu hoffen, dass sie nicht hier starb? Warum?«

»Wir denken, dass sie vielleicht schwanger war und nach Varel ging. Oder vielleicht mit einem kleinen Sohn. Und ich stamme aus Varel.«

Eiligmann versteht. Doch er wird Hinnerk enttäuschen müssen – vielleicht aber auch nicht.

»Tut mir leid, Herr Harms. Eske starb hier.« Es ist für den Pastor deutlich erkennbar, wie Hinnerk ein wenig Körperspannung verliert und ein bisschen in sich zusammensackt.

»Sie starb bereits 1855.«

»Infolge der Sturmflut?«

»Das weiß ich nicht. Aber ich weiß – zwar nicht aus den Kirchenbüchern, aber ich weiß es trotzdem -, dass der Februar 1855 einen extrem harten Winter erfuhr. Die Insel war sogar wochenlang durch Treibeis vom Festland abgeschnitten. Und Eske starb am 28. Februar des Jahres.«

»Also nicht.« Hinneks Worte waren an Marianna gerichtet.

»Was heißt ›also nicht‹?«

»Ich glaubte, dass Tjark und Eske meine Vorfahren sein könnten. Aber offenbar endet alles hier.«

»Nein, nicht ganz. Doch schwanger war sie bestimmt nicht. Dafür war sie ein wenig zu alt.« Der Pastor lacht in einer Weise, dass Marianna und Hinnerk wieder Hoffnung schöpfen. »Tjark und Eske hatten aber tatsächlich einen Sohn. Enno.«

Hinnerks Mund steht offen.

»Kaum hatte ich mich gestern wie angekündigt mit einem Gläschen Wein an das Buch gesetzt, da war meine Suche auch schon zu Ende. Denn nur wenige Einträge hinter Tjarks Begräbnis fand ich schon Eskes Eintrag. Aber erst auf der nächsten Seite, sonst hätten wir es gestern schon direkt entdeckt. Und so einfach wollte ich mir den Abend nicht nehmen lassen.« Verschmitzt grinst Eiligmann.

»Ich suchte dann gezielt nach Kindern. Das dauerte zwar etwas länger, aber nach dem zweiten Gläschen wurde ich fündig. Enno, geboren hier auf der Insel am 22. Mai 1838.«

Blitzschnell rechnet Marianna.

»Sechzehn. Er war sechzehn.«

»So ist es. Und jetzt war mein detektivischer Ehrgeiz geweckt.« Eiligmanns Brust schwillt ein wenig an. »Ich suchte in die Zukunft. Ob Enno hier starb. Nach dem vierten Gläschen gab ich im Jahre 1938 auf.«

Marianna bemerkt jetzt zum ersten Male, dass der Pastor im Vergleich zu gestern ziemlich kleine Äuglein hat.

»Enno ging höchstwahrscheinlich mit den anderen auf das Festland. Vielleicht waren Verwandte dabei.«

Bingo! Hinnerk wusste jetzt, wonach er suchen könnte. Oder suchen *lassen* könnte.

»Danke, Herr Pastor. Herzlichen Dank!«

»Gern, meine Kinder. Wenn ich mal wieder helfen kann ...«

Freundlich schließt er die Haustür hinter den beiden. Die beiden strahlen sich an.

»Jetzt habe ich Hunger. Richtig Hunger.«

»Ich auch, Henni.«

»Pizzeria Venezia?«

»Pizzeria Venezia.«

*

Am Nachmittag telefoniert Hinnerk mit seiner Mutter in Varel. Sie kann ihm zu seinen Vorfahren leider nicht viel erzählen. Sie kannte ihren Schwiegervater, Hinnerks Opa. Und sie weiß noch den Namen seines Urgroßvaters. Aber Enno hieß der sicher nicht. Aber sie will versuchen, mehr zu erfahren.

»Na, dein Ur-Opa könnte es ja altersmäßig wohl auch nicht sein, oder?« Marianna hat das Gespräch verfolgt.

Hinnerk schüttelt den Kopf.

Sie machen eine Überschlagsrechnung. Hinnerk notiert. Sein Vater wurde Anfang der Fünfzigerjahre geboren; das weiß er. Ab dann muss er vermuten.

»Mal angenommen, jeder wurde so mit dreißig Vater. Dann ...“«

Also wird sein Opa um 1920 geboren sein. Sein Ur-Opa dann um 1890. Sein Ur-Ur-Opa um 1860.

»Das könnte Ennos Sohn sein.«

»Dann wäre Enno schon mit zweiundzwanzig Papa geworden ...«

»Passt schon. Wenn ich die Annahme des typischen Vater-Alters bei den Nachkommen nur um zwei Jahre verringere, dann stimmt es genau. Alle waren im Schnitt 28 Jahre alt, auch Enno. Nur Mein Vater nicht. Der war deutlich älter. Das liegt ja fest.«

Man müsste also gar nicht sooo weit suchen. Es ist sogar verblüffend. Nur drei ›Ur‹'s. Na ja, doch eine ganze Menge. Fast ein ganzes Jahrhundert. Mal sehen.

Für heute haben sie aber genug. Gleich muss Hinnerk auch schon wieder ins Gerken.

Marianna lässt den Abend des ereignisreichen Tages ganz ruhig ausklingen. Und denkt noch reichlich über Ur-Opas nach.

Tag 9: Liebe

Es ist halb elf am Vormittag. Mariannas Telefon klingelt. Das Display kündigt ›Henni‹ an.

»Hallo Marianna. Paul hat gerade angerufen. Wir sollen schnell vorbeikommen. Er will uns etwas zeigen. Kommst du mit?«

»Klar.«

»Super. Treffen wir uns doch direkt am Leuchtturm. Okay?«

»Bin gleich da.«

Marianna wirft sich den Windbreaker über. Das Wetter ist einfach Spitze. Blauer Himmel überall. Schnell kann sie bald das Hanken sehen.

Schon auf der Zedeliusstraße triff sie ihren Freund.

»Hat Paul gesagt, worüber er etwas erzählen will?«

»Nein, aber ich bin mal ganz gespannt. Das war gestern ja der Hammer.«

Paul sitzt wie immer unten im Eingang.

»Und, Paul, noch eine Landkarte oder ähnliches.«

Paul schüttelt den Kopf.

»Nein, nicht ganz so schön.«

»Wo, wieder im ersten Stock?«

»Nein. Wir gehen nach ganz oben.«

Oben auf der Plattform sagt Paul nur trocken: »Der Nebel. Schaut mal darüber.«

Von hier oben ist deutlich eine Nebelglocke westlich des Dorfes zu sehen. Von der Zedeliusstraße aus haben sie keinerlei Nebelspuren wahrnehmen können. Doch das, was sie jetzt sehen, ist ganz eindeutig die Nebelwalze. Nur bewegt sie sich nicht.

»Ich beobachte sie jetzt seit über einer Stunde. Ich habe mich zuerst nicht von hier oben weggetraut. Als aber klar wurde, dass sie sich nicht ausdehnt, habe ich mich wieder hinunter gewagt. Sie liegt einfach wie ein umgestülpter Pudding an dieser Stelle.«

Ein gespenstisches Szenario. Überall blauer Himmel. Klare Luft. Und dann dort diese Käseglocke.

Paul stuppst Hinnerk an. »Fällt dir etwas auf?«

Der Angesprochene schaut nur wissend zurück und nickt.

»Dir auch, Marianna?«

Die Frau muss einen Augenblick überlegen. Sie schließt die Augen und denkt nochmal einige Tage zurück. Dann hat sie's.

»Ja, Paul. Der Nebel liegt exakt an der Stelle, wo die Nebelwalze auf ihrem Weg über die komplette Insel endete und sich wie in einem Kamin nach oben auflöste.«

Paul nickt.

»Sollen wir dahin?«, fragt Marianna Hinnerk.

»Ja. Direkt.« Hinnerks Antwort ist entschlossen. Er macht sofort auf den Hacken kehrt und eilt bereits die ersten Treppenstufen hinunter.

»Warte mal, Henni!«

Er dreht sich um. »Ja?«

»Wo wir gerade das eine entdeckt haben – da fällt mir auch das andere auf.«

»Soll ich wieder hochkommen?«

Marianna stutzt einen Moment. »Nein«, sagt sie dann. »Ich zeige es dir unterwegs.« Sie winkt Paul, dass er folgen solle.

Sie steigen die Wendeltreppe hinunter. Im ersten Stock fordert Marianna ihren Henni zum Stopp auf. »Komm mal eben mit!« Sie zieht ihn zur Landkarte an der Wand.

»Wir haben oben doch das Ende des Nebelstromes von vor fünf Tagen erkannt. – Und hier ist der Anfang.« Sie zeigt stolz mit ihrem Finger auf das Dorf, das 1855 in den Fluten versank.

»Ja, genau da.«

»Du wusstest es?«

»Ja. – Können wir jetzt ...?«

Hinnerk dreht sich um und eilt die Treppe weiter hinunter.

Marianna wirft Paul nur einen resignierenden Blick zu und sagt zum Abschied: »Dann also bis dann. Ach, und wie kommen wir jetzt am besten zum Nebel?«

»Hinnerk kennt den Weg garantiert. Aber wenn du es vorher genau wissen willst – der Nebel liegt über dem Friedhof.«

*

So messerscharf von der Umwelt abgegrenzt haben sie den Nebel noch nicht gesehen. Marianna und Hinnerk stehen unmittelbar vor dieser weißen Wand.

»Und du bist fest entschlossen?«

»Ja, Mary. Ich will jetzt wissen, was in dem Nebel los ist. Und was Tjark will.«

Hinnerk geht los.

»Halt, Henni! – Ich komme mit.« Sie springt an seine Seite und greift seine Hand. »Okay?«

Sie spürt Hinnerks festeren Griff als Zeichen seiner Bestätigung. Dann wendet er seinen Blick wieder zur Nebelwand.

Gemeinsam, Hand in Hand, treten sie ein.

Marianna ist zum Zerbersten angespannt. Ihre drei Begegnungen mit dem Nebel sind so präsent, als hätten sie sich erst vor zehn Minuten ereignet. Und sie spürt schon, wie die Kälte unter ihren Windbreaker kriecht.

Scheiße, warum muss ich mich in meiner Garderobe so oft vergreifen! Andere Frauen kriegen das doch besser hin!

Sie reißt sich zusammen. *Egal, wie kalt das jetzt wird! Ich werde Henni nicht allein lassen!*

Sie gehen weiter auf dem Asphalt. Eigenartig. Trotz des harten Untergrunds fühlen sich ihre Schritte weich an. Ganz weich. Und die Welt ist still. Absolut still. Marianna hört keinen Wind, keinen Vogel, keine Menschenstimmen. Nichts. Sie sind gemeinsam weit entrückt.

Feine Nebelschwaden umspielen ihren Hals und ihre Füße. Sie unterdrückt den ersten Anflug von Panik. Krampfhaft versucht sie, ihre intuitiven Angstgefühle zu unterdrücken.

Ich will das mit Henni zusammen durchstehen!

»Hör!« Hinnerks Stimme erreicht sie ganz gedämpft. Als werden Töne in einem riesigen Berg von Federn erstickt.

Aber Marianna spitzt die Ohren. Ein ganz leises, weiches Pfeifen dringt jetzt an ihr Ohr. Wie der Ton, der von einem Luftzug über ein einzelnes Röhrchen einer Pan-Flöte erzeugt wird. Ganz monoton.

Die Kälte spielt jetzt ihre ganze Macht aus. Marianna fühlt, wie die Finger der Hand, die nicht von Hinnerk gehalten wird, erste Anzeichen von Gefühllosigkeit zeigen. In ihrem Rücken spürt sie nur noch Eis pur.

Ich will das durchstehen!

Sie schaut ihren Freund an. Hinnerk blickt entschlossen geradeaus. Ganz ruhig. Sie spürt die Wärme seiner Hand. Welch ein Kontrast zu der Gefühllosigkeit ihrer anderen.

Sie folgt seinem Blick. Da vorn muss irgendwo das Zentrum des Nebels sein. Sie beobachtet den Tanz der Schwaden. Es ist das erste Mal für sie, dass sie diese Geschöpfe – so wirken sie jetzt auf sie – wirklich beobachtet. In ihren bisherigen Begegnungen bestimmte Panik ihre Reaktion und Blickführung. Jetzt zwingt sie sich zur Ruhe. Ihre Überzeugung und Ihre Zuneigung zu Hinnerk stärken sie.

Die Nebelschwaden scheinen direkt aus dem Zentrum herüber zu schweben. Paarweise. Sie fliegen wirklich paarweise. Direkt auf Hinnerk und Marianna zu. Tauchen kurz ab, steigen wieder auf und umkreisen sie. Nachdem das vierte Schwadenpaar sie derart empfangen hat, wirkt diese Bewegung auf Marianna wie eine Verbeugung. Die Nebelschwaden verbeugen sich vor Ihnen! Marianna nimmt die Kälte in ihrem Rücken kaum noch wahr.

Dann kommt sie – eine dunkle Nebelschwade fliegt aus dem Zentrum heraus direkt auf sie zu. Das Gesicht formt sich, Tjark nimmt Gestalt an. Er verliert die schwebende Leichtigkeit. Er steht auf seinen Beinen einen Meter vor Hinnerk.

Marianna beobachtet wie gebannt. So klar hat sie das Gesicht der Erscheinung bisher noch nicht wahrnehmen können. Es ist Hinnerks Gesicht – und doch nicht. Ein wenig mehr Falten, wenn man genau hinschaut. Eine Haut, die von Wind und größerem Alter gegerbt ist. Das Leben hat sichtbare Spuren hinterlassen.

So wird Hinnerk vielleicht in zwanzig Jahren aussehen.

Tjark breitet wieder die Arme aus, wie vor einigen Tagen vor dem Leuchtturm. Er fasst Hinnerk an den

Oberarmen zieht ihn etwas näher an sich heran, aber ohne dass sich die Körper zu nahe kommen. Tjark schließt die Augen, wirkt leidend, nein, ›wehmütig‹ ist das bessere Wort. Er blickt Hinnerk wieder an, öffnet den Mund, schreit etwas. Aber kein Ton dringt an Mariannas Ohr. Das Schreien des Mannes ist stumm.

»Tjark, können wir etwas für dich tun?« Hinnerks Stimme hallt dumpf durch den Nebel.

Tjark senkt kurz sein Haupt, schließt dabei noch einmal die Augen für einen kurzen Moment. Dann schaut er wieder seinen Nachkommen an, wendet sich um, und bewegt sich fort. Er bleibt wieder stehen, schaut zurück, winkt sie herbei. Hinnerk und Marianna folgen.

Das Pan-Pfeifen ist noch immer zu hören.

In einem abgelegenen Teil des Friedhofs bleibt Tjark auf einer Rasenfläche stehen. Er schaut zu Hinnerk, senkt dann seinen Blick und kniet mit einem Bein nieder. Seine rechte Hand berührt den Boden. So verweilt er einen Moment.

Marianna blickt sich um. Etwa einen Schritt weiter links steht ein alter, verwitterter Grabstein. Die Schrift ist wohl schon lange nicht mehr zu lesen. Trotzdem geht Marianna zu dem Stein und versucht, etwas zu erkennen. Und sie entdeckt etwas, weil sie weiß, wonach sie suchen muss. Im unteren Teil der Schrift hat eine Zeile nur vier verwitterte Buchstaben. Und wenn man weiß, was vor weit mehr als hundert Jahren einst ein Steinmetz hier eingeschlagen hat, dann erkennt man es auch – trotz aller Verwitterung. Eske!

Tjark blickt wieder auf. Sein Blick ist unendlich traurig. Eine Träne läuft an seiner Wange hinab. Der Mann mit diesem gestählten Gesicht weint. Marianna kann ihre Tränen nun nicht mehr zurück halten. Sie sieht den Mann auf dem Grab seiner Frau – und sie fühlt mit seiner Sehnsucht.

»Tjark, ich werde dafür Sorge tragen, dass du hier, genau hier, deine Ruhe finden wirst. Ich verspreche dir das bei meiner Seele.« Auch auf Hinnerks Gesicht sind Tränen zu sehen. Marianna greift seinen Arm und drückt ihren Kopf für einen Augenblick fest an ihn.

Hinnerk reicht Tjark seine rechte Hand. Der Mann in Schwarz erhebt sich und greift sie. Dann kommt er den einen Schritt auf Hinnerk zu und umarmt ihn. Für einige Sekunden stehen die beiden Männer regungslos und starr. Dann bewegt Tjark sich wieder zurück. Sein Mund öffnet sich, doch seine Botschaft bleibt wieder stumm.

Langsam löst sich die Gestalt auf. Die dunkle Nebelschwade gleitet langsam nach oben. Und mit ihr all die hunderte kleiner weißer. Wie in einem Kamin steigt der Nebel auf. Er entschwindet ins Nichts.

Marianna und Hinnerk stehen allein auf dem Friedhof. Um sie herum herrlichster Sonnenschein vom strahlend blauen Himmel.

»Jetzt begreife ich, was Liebe über den Tod hinaus wirklich bedeutet.« Marianna greift wieder Hinnerks Arm und will ihn nicht mehr loslassen.

Tag 12: Rede

Die letzten Tage verliefen im Vergleich zu den vorhergehenden geruhsam. Marianna konnte sich um Hinnerk kümmern, Hinnerk sich um Marianna, und beide zusammen sich um die Vorbereitungen für das Begräbnis.

Frank war eine große Unterstützung. Er legte sich bei den Behörden mächtig ins Zeug, dass Tjark tatsächlich im Grabe der Eske bestattet werden kann. Er hat so seine Beziehungen und speziellen Freunde. Gestern Morgen kam dann das Okay.

Hinnerk bat den Bestatter erfolgreich darum, dass er schon für den heutigen Tag eine kleine Grabplakette besorgt.

Jetzt sind alle hier. Es ist doch eine größere Gruppe geworden. Außer Marianna und Hinnerk sind das Paul, Frank, Vera und Pastor Eiligmann. Sogar Gabi und Bert wollen an ihrem vorletzten Urlaubstag dabei sein. Ein Fotoreporter von der Nordwest Zeitung hat sich angekündigt. Und – zu aller Überraschung ist Bürgermeister Merkels auch vor Ort. Marianna wollte auch Jana fragen. Doch die Mutter ist mit ihrem Kind schon vor drei Tagen wieder abgereist; Marianna weiß auch nicht, ob Jana gekommen wäre. Der Bestatter und sein Helfer warten einige Meter abseits.

Pastor Eiligmann steht am offenen Grab.

»Liebe Trauergemeinde!«

Marianna schaut sich um. Paul steht ein paar Schritte weiter. Er macht ein ernstes, bedächtiges, betont betrübtes Gesicht. Marianna lacht auf.

Eiligmann fährt herum. Marianna lacht noch immer.

»... also, liebe Trauergemeinde.«

Jetzt lacht auch Hinnerk. Eiligmann blickt ihm vorwurfsvoll ins Gesicht. Und er sieht Paul. – Dann lacht auch der Pastor.

»... also ... Wer trauert hier überhaupt? Es gibt nichts zu betrauern. Stimmt's?«

Hinnerk nickt.

»Also, liebe Gemeinde, wir erleben ein denkwürdiges Ereignis. Wir stehen am Grabe des verstorbenen Tjark Harms. Und wir freuen uns alle. Und am meisten freut sich Tjark. Davon werdet Ihr noch euren Enkelkindern erzählen. Oder euren Ur- ...« Er stockt und wirft Hinnerk einen hilfesuchenden Blick zu. Der gibt ihm ein aufmunterndes Handzeichen mit der Rechten und mit der Linken zeigt er drei Finger. Eiligmann versteht. Noch drei: »... -Ur-Ur-Ur-Enkeln. Wir sind Zeuge einer unendlich großen Liebe geworden, die mehr als hundertundfünfzig Jahre überdauert hat. ...«

Marianna drückt Hinnerks Arm ganz fest.

»... Mehr weiß ich nicht. Alles, was ich sonst auf diesem Acker zu erzählen weiß, passt einfach nicht. Aber einen Totenschmaus machen wir trotzdem, oder Hinnerk?«

»Klar. Wir haben etwas zu feiern.«

Der Bestatter reicht Hinnerk die kleine Platte, die in den Boden eingelassen wird, sobald die Erde sich ausreichend gesetzt haben wird. Hinnerk hält sie hoch, damit alle sie sehen können.

Tjark Harms,
der Arm in Arm mit seinem Ur-Ur-Ur-Ur-Enkel
hier seine ewige Liebe Eske wiederfand

»Und jetzt Leute, jeder kann mitmachen!«

Der Bestatter hat mehrere richtige Schaufeln mitgebracht. Und da stehen sie um das Grab und schaufeln munter: Hinnerk, Marianna, Pastor Eiligmann, Paul, Frank und Vera. Sie schaufeln und lachen. Bürgermeister Merkels weiß nicht so recht. Aber für das Foto des Reportes greift auch er zur Schaufel.

Als das Grab komplett geschlossen ist und sich der Erdhügel darüber wölbt, ruft Hinnerk: »Auf geht's, Leute! Jetzt wird gefeiert!«

Doch bevor er geht, dreht er sich noch einmal zum Grab.

»Keine Dummheiten, Ihr beiden!«

Auf dem Weg zum W'ooge hat Hinnerk seine Mary fest im Arm. Ihre Gedanken umkreisen die Liebe über den Tod hinaus.

»Ob Eske sich damals je vorgestellt hätte, dass dieses kleine, billige Amulett, das sie wahrscheinlich hektisch innerhalb von zwei Tagen anfertigen ließ, eine halbe Ewigkeit später dazu führt, dass sie und ihr Tjark im Tode wiedervereint werden?«

Sie erwartet gar keine Antwort auf ihre Frage. Sie drückt ihren Hinnerk im Gehen fester.

»Wo ist das Amulett überhaupt?«

»Da, wo es hingehört.« Und er weist mit dem Daumen zurück zum Grab.

Schweigend gehen sie weiter. Sie haben jetzt den Anfang der Friedrich-August-Straße erreicht.

»Du, Henni?«

»Ja.«

»Zeigst du mir in diesem Winter Varel?«

Hinnerk bleibt stehen und lacht sie an.

»Nicht nur in diesem Winter. Und meine Mutter wird sich auf diese Begegnung sicher sehr freuen.«

»Nicht nur sie.«

ENDE

76

Nachwort

Alle in der Geschichte handelnden Personen und ihre Namen sind frei erfunden. Einzig die historische Person des Malers Oetken ist als Personen der Zeitgeschichte korrekt benannt.

Orte, Einrichtungen, Straßennamen und Unternehmen (z.B. Gaststätten) auf der Insel sind mit ihren tatsächlichen Namen bezeichnet, auch wenn sie Personennamen beinhalten; sie dienen nur dem realistischen Regionalbezug und beschreiben in keiner Weise irgendwelche Handlungen solchermaßen beteiligter Personen oder Unternehmen.

Die Meldung der Nordwest Zeitung basiert auf einer tatsächlichen Meldung dieser Zeitung vom 26.7.2012. Sie wurde im Sinne der Geschichte im Bezug auf Tageszeiten und Personennamen verändert und etwas gekürzt, ansonsten unverändert gelassen. Insofern ist die Meldung durchaus als dokumentarisches Zitat zu verstehen und wird hiermit als Quelle benannt.

Die historischen Geschehnisse der Jahre 1854 und 1855 inklusive der Gräberfreispülung sowie die Umsiedlung nach Varel haben sich tatsächlich so zugetragen. Lediglich die in die Geschehnisse hineinprojizierten Einzelschicksale des Tjark und seiner Familie sind frei erfunden.

Über den Autor

Rudy Namtel, gebürtiger Westfale, schreibt sowohl Kurzgeschichten als auch Novellen und Romane.

Kleine Alltäglichkeiten finden sich in seinen amüsanten Short Stories als Keimzellen des Vergnügens - doch nicht ausschließlich. Namtel lässt sich nicht auf bestimmte Genres festlegen und schreckt auch vor Persiflagen auf Hollywood-Streifen wie in »Dragos Blutspuren« nicht zurück. Humoristisches mit starkem Regional-Einschlag wechselt mit Kriminal-Stories oder überzeichneten Parodien. In seinen längeren Werken spielen Länder oder bestimmte Orte gewichtige Nebenrollen (wie in seinen Romanen »Signale« und »Watt-Grab«) oder sie liefern historische Hintergründe (wie in der Novelle »Nebelmann«) oder beides zusammen (wie in »Descriptio Loci«).

Der Vater zweier Kinder lebt mit seiner Familie in einem hessischen Dorf.

Weitere Werke

Taschenbücher von Rudy Namtel (Auszug):

»Das Herz des Potts schlägt am Kanal« –
Fünf Geschichten aus dem Pott in der Sprache des Potts

»Signale« -
Beschreibung einer nicht ganz planmäßig verlaufenden
Reise durch Land und Liebe

»Dragos Blutspuren« -
Geschichten für Liebhaber von Blutsauger-Stories und
Hasser von Vampir-Geschichten gleichermaßen.
Ehrlich!! - Spaß pur!!

»Descriptio Loci – oder die Spuren des Paters« –
Thriller. – Eine 800 Jahre alte Jagd wird wieder
aufgenommen ...

»Vandark« -
Ein Spooky-Abend am Kamin.
Melanie gerät in eine illustre Abendrunde auf dem Gut
Vandark. Spukige Geschichten gewürzt mit einem
Schuss Krimi und einer winzigen Prise Vampir.

»Krimi-Reise Reloaded« -
Sieben Krimi-Kurzgeschichten.

»Summertime Blues in Love« -
Variationen über eine Begegnung und andere Short
Stories.
Sieben Kurzgeschichten und ein Gedicht.

»Watt-Grab – Die Tote vor Wangerooge« -
Im Watt wird die Leiche einer Frau gefunden. Eine
Touristin verschwindet spurlos. Bianca Weeger
ermittelt – und gerät selbst in Gefahr. Und da ist noch
die junge Julia ...

»Wangerooge – Faszination im Bild« -
Ein Bildband über die Insel im Wetter und im Licht. Mit
beeindruckenden Farbspielen.

»Entscheidung in Taos County« (J. Jones-Joyce) -
Eine junge Frau erlebt den Summer of Love. Über vierzig
Jahre später bereist ein junger Mann die USA. Die
Lebenslinien treffen sich. Ein Leben wird bedroht ...

www.RudyNamtel.de